Das Lukas-Evangelium

Das Lukas-Evangelium

NLB.

hänssler

Hänssler
Bestell-Nr. 394.636
ISBN (10) 3-7751-4636-9
ISBN (13) 978-3-7751-4636-4

Internet: www.haenssler.de
E-Mail: info@haenssler.de

Sonderausgabe zur Aktion »Weihnachten ist mehr«;
Anhang zusammengestellt von Beate Tumat.

Originaltitel: *Holy Bible*, New Living Translation

Umschlaggestaltung & Titelbild: Jens Beilharz, Christoph Kübler
Satz: Vaihinger Satz + Druck, Vaihingen/Enz
Druck und Bindung: Druckerei und Verlag Kurt Eilbracht, Löhne
Printed in Germany

ecpa International Member of the
Evangelical Christian
Publishers Association

WEIHNACHTEN IST MEHR ...

Was heißt das? Mehr als was?

Viele stöhnen über die Vorbereitungen, über die Einkäufe, die überfüllten Geschäfte und über die Ankündigungen der gegenseitigen Besuche. Man hört von Weihnachtsflüchtlingen, die in die Südsee fliegen, um dort »Jingle Bells« und »Oh Tannenbaum« zu entkommen.

Ich finde, Weihnachten ist die schönste Zeit im Jahr. Kerzen, Mandarinenduft, Familie, Zeit füreinander haben – das alles verbinde ich mit diesen Tagen. Stress macht man sich nur selber.

Weihnachten bedeutet aber auch, sich der Botschaft eines Kindes auszusetzen, dass vor ca. 2000 Jahren in einem Nest namens Bethlehem in einer – heute würden wir sagen – Garage zur Welt kam. Gott ist Mensch geworden und hat unter uns gelebt: Das ist Weihnachten. Wer Weihnachten nur auf den Rummel reduziert, versäumt diese einzigartige Aussage Gottes: Ich habe dich lieb, mir war kein Weg zu weit, um dich zu suchen.

Lesen Sie Infos, Tipps und mehr über Weihnachten ab Seite 112!

Lukas-Evangelium

Einleitung

1 Verehrter Theophilus, viele haben schon über die Ereig-
nisse geschrieben, die bei uns geschehen sind*. [2]Dabei
haben sie die Berichte der ersten Jünger zugrunde gelegt,
die mit eigenen Augen gesehen haben, wie Gott seine Ver-
heißungen erfüllt hat. [3]Ich habe alle diese Berichte von An-
fang an sorgfältig studiert und beschlossen, dir eine genaue
Zusammenfassung davon zu geben. [4]Auf diese Weise kannst
du dich von der Zuverlässigkeit der Lehre überzeugen, in
der du unterrichtet wurdest.

Die Geburt von Johannes dem Täufer wird vorausgesagt

[5]Zu der Zeit, als Herodes König von Judäa war, lebte ein jü-
discher Priester namens Zacharias. Er war Priester von der
Ordnung des Abija, und auch seine Frau Elisabeth stammte
aus dem Priestergeschlecht Aarons. [6]Zacharias und seine
Frau führten ein gottesfürchtiges Leben und befolgten alle
Gebote und Vorschriften des Herrn. [7]Sie hatten keine Kin-
der, weil Elisabeth unfruchtbar war, und jetzt waren sie bei-
de schon sehr alt.

[8]Eines Tages, als Zacharias seinen Dienst im Tempel ver-
richtete, weil in dieser Woche seine Ordnung an der Reihe
war, [9]wurde er nach priesterlichem Brauch durch das Los

1,1 O. *sich erfüllt haben.*

dazu ausgewählt, das Heiligtum zu betreten, um das Rauch-
opfer darzubringen. [10]Währenddessen stand draußen eine
große Menschenmenge und betete.

[11]Als Zacharias im Heiligtum war, erschien ihm ein Engel
des Herrn. Dieser stand rechts neben dem Altar für das
Rauchopfer. [12]Zacharias erschrak bis ins Herz, [13]doch der En-
gel sagte: »Hab keine Angst, Zacharias! Gott hat dein Gebet
erhört. Deine Frau Elisabeth wird dir einen Sohn schenken,
und du sollst ihn Johannes nennen. [14]Du wirst überglücklich
sein bei seiner Geburt, und viele Menschen werden sich mit
dir freuen, [15]denn er wird in den Augen des Herrn groß sein.
Er wird keinen Wein oder andere berauschenden Getränke
anrühren und schon vor seiner Geburt* mit dem Heiligen
Geist erfüllt werden. [16]Und er wird viele Israeliten dazu brin-
gen, sich wieder dem Herrn, ihrem Gott, zuzuwenden. [17]Er
wird ein Mann mit dem Geist und der inneren Kraft des
Propheten Elia sein, der dem Herrn vorausgeht und das
Volk auf seine Ankunft vorbereitet. Er wird die Herzen der
Väter ihren Kindern zuwenden und die Ungehorsamen dazu
bewegen, sich der göttlichen Weisheit zu öffnen.*«

[18]Zacharias fragte den Engel: »Wie kann ich sicher sein,
dass das wirklich geschehen wird? Ich bin jetzt ein alter
Mann, und auch meine Frau ist schon in fortgeschrittenem
Alter.«

[19]Da sagte der Engel: »Ich bin Gabriel. Ich habe meinen
Platz in der Gegenwart Gottes. Er hat mich mit dieser fro-
hen Botschaft zu dir gesandt! [20]Weil du meinen Worten
nicht geglaubt hast, wirst du nicht mehr sprechen können,
bis das Kind geboren ist. Denn meine Worte werden sich
erfüllen, wenn die Zeit gekommen ist.«

1,15 O. *schon von Geburt an.* **1,17** S. Maleachi 3,23-24.

[21]Mittlerweile warteten die Menschen draußen auf Zacha-
rias und wunderten sich, wo er so lang blieb. [22]Als er endlich
heraustrat, konnte er nicht zu ihnen sprechen. An seinen
Gesten erkannten sie jedoch, dass er im Heiligtum des Tem-
pels eine Vision gehabt hatte.

[23]Er blieb im Tempel, bis die Zeit seines Dienstes vorüber
war, und ging dann nach Hause. [24]Kurze Zeit später wurde
seine Frau Elisabeth schwanger. Sie zog sich fünf Monate
lang zurück. [25]»Wie gütig doch der Herr ist!«, rief sie. »Er
hat mich von der Schande der Kinderlosigkeit befreit!«

Die Geburt von Jesus wird vorausgesagt

[26]Als Elisabeth im sechsten Monat schwanger war, sandte
Gott den Engel Gabriel nach Nazareth, in eine Stadt in Ga-
liläa, [27]zu einem Mädchen, das noch Jungfrau war. Sie hieß
Maria und war mit einem Mann namens Josef verlobt, ei-
nem Nachfahren von David. [28]Gabriel erschien ihr und sag-
te: »Sei gegrüßt! Du bist beschenkt mit großer Gnade! Der
Herr ist mit dir!*«

[29]Erschrocken überlegte Maria, was der Engel damit wohl
meinte. [30]Da erklärte er ihr: »Hab keine Angst, Maria, denn
du hast Gnade bei Gott gefunden. [31]Du wirst schwanger
werden und einen Sohn zur Welt bringen, den du Jesus nen-
nen sollst. [32]Er wird groß sein und Sohn des Allerhöchsten
genannt werden. Gott, der Herr, wird ihn auf den Thron
seines Vaters David setzen. [33]Er wird für immer über Israel*
herrschen, und sein Reich wird niemals untergehen!«

[34]Maria fragte den Engel: »Aber wie kann ich ein Kind be-
kommen? Ich bin noch Jungfrau.«

1,28 Einige Handschriften fügen hinzu *Gesegnet bist du unter den Frauen.*
1,33 Griech. *über das Haus Jakobs.*

[35]Der Engel antwortete: »Der Heilige Geist wird über
dich kommen, und die Macht des Allerhöchsten wird dich
überschatten. Deshalb wird das Kind, das du gebären wirst,
heilig und Sohn Gottes genannt werden. [36]Sieh doch: Deine
Verwandte Elisabeth ist in ihrem hohen Alter noch schwan-
ger geworden! Die Leute haben immer gesagt, sie sei un-
fruchtbar, und nun ist sie bereits im sechsten Monat. [37]Denn
bei Gott ist nichts unmöglich.«

[38]Maria antwortete: »Ich bin die Dienerin des Herrn und
beuge mich seinem Willen. Möge alles, was du gesagt hast,
wahr werden und mir geschehen.« Darauf verließ der Engel
sie.

Maria besucht Elisabeth

[39]Einige Tage später beeilte sich Maria, ins Bergland von Ju-
däa zu kommen, in die Stadt, [40]in der Zacharias lebte. Als sie
das Haus betrat und Elisabeth begrüßte, [41]hüpfte Elisabeths
Kind im Bauch seiner Mutter, und Elisabeth wurde vom
Heiligen Geist erfüllt.

[42]Sie rief Maria laut entgegen: »Du bist von Gott gesegnet
vor allen anderen Frauen, und gesegnet ist auch dein Kind.
[43]Welche Ehre, dass die Mutter meines Herrn mich besucht!
[44]Als du das Haus betreten und mich begrüßt hast, hüpfte
mein Kind beim Klang deiner Stimme vor Freude! [45]Geseg-
net bist du, weil du geglaubt hast, dass der Herr tun wird,
was er gesagt hat.«

Marias Loblied

[46]Maria erwiderte: »Gelobt sei der Herr!

[47]Wie freue ich mich an Gott, meinem Retter!

[48]Er hat seiner unbedeutenden Magd Beachtung ge-
schenkt, darum werden mich die Menschen in alle Ewigkeit
glücklich preisen.

49Denn er, der Mächtige, ist heilig, und er hat Großes für mich getan.

50Seine Barmherzigkeit gilt von Generation zu Generation allen, die ihn ehren.

51Sein mächtiger Arm vollbringt Wunder! Wie er die Stolzen und Hochmütigen zerstreut!

52Er hat Fürsten vom Thron gestürzt und niedrig Stehende erhöht.

53Die Hungrigen hat er mit Gutem gesättigt und die Reichen mit leeren Händen fortgeschickt.

54Und nun hat er seinem Diener Israel geholfen! Er hat seine Verheißung nicht vergessen, barmherzig zu sein,

55wie er es unseren Vorfahren – Abraham und seinen Kindern – immer verheißen hat.«

56Etwa drei Monate blieb Maria bei Elisabeth und kehrte dann nach Hause zurück.

Johannes der Täufer wird geboren

57Als für Elisabeth die Zeit der Geburt kam, brachte sie ei-
nen Jungen zur Welt. 58Schon bald hörten die Nachbarn und
Freunde von der großen Barmherzigkeit, die der Herr ihr
erwiesen hatte, und alle freuten sich von Herzen mit ihr.
59Als das Kind acht Tage alt war, kamen die Verwandten
und Freunde zur Beschneidungszeremonie. Sie wollten den
Jungen nach seinem Vater Zacharias nennen. 60Aber Elisa-
beth sagte: »Nein! Sein Name lautet Johannes!«
61»Was?«, riefen sie aus. »In deiner ganzen Familie gibt es
niemand, der diesen Namen trägt.« 62Und sie wandten sich
an den Vater des Kindes und befragten ihn mit Gesten. 63Er
ließ sich eine Schreibtafel bringen und schrieb zur Überra-
schung aller: »Sein Name ist Johannes!« 64Im gleichen Au-
genblick konnte Zacharias wieder sprechen, und er fing an,
Gott zu loben.

65Ehrfürchtiges Staunen erfasste die Menschen in der gan-
zen Gegend. Die Nachricht von diesen Ereignissen verbrei-
tete sich überall im Bergland von Judäa. 66Alle, die davon er-
fuhren, dachten darüber nach und fragten sich: »Was wohl
aus diesem Kind werden wird? Denn es war offensichtlich,
dass die Hand des Herrn mit ihm war.«

Die Prophezeiung des Zacharias

67Sein Vater Zacharias wurde mit dem Heiligen Geist erfüllt
und weissagte:

68»Gelobt sei der Herr, der Gott Israels, denn er ist zu sei-
nem Volk gekommen und hat es erlöst.

69Einen mächtigen Retter aus dem königlichen Geschlecht
seines Knechtes David hat er uns gesandt,

70wie er es vor langer Zeit durch seine heiligen Propheten
versprochen hat.

71Nun werden wir vor unseren Feinden und vor allen, die
uns hassen, gerettet werden.

72Er hat unseren Vorfahren Barmherzigkeit erwiesen, in-
dem er seinen heiligen Bund mit ihnen nicht vergisst,

73den Bund, den er mit unserem Stammvater Abraham
schloss.

74Wir wurden vor unseren Feinden gerettet,75 damit wir
Gott an jedem einzelnen Tag unseres Lebens ohne Furcht
dienen können in Heiligkeit und Gerechtigkeit.

76Und du, mein Kind, wirst Prophet des Allerhöchsten ge-
nannt werden, weil du dem Herrn den Weg ebnen wirst.

77Du wirst seinem Volk verkünden, wie es Rettung finden
kann durch die Vergebung seiner Sünden.

78Durch die Güte und Barmherzigkeit Gottes wird nun
das Licht des Himmels uns besuchen, 79um die zu erleuchten,
die in der Dunkelheit und im Schatten des Todes sitzen, und
um uns auf den Weg des Friedens zu leiten.«

[80]Johannes wuchs heran und wurde stark im Geist. Später
lebte er draußen in der Wildnis, bis die Zeit seines öffentli-
chen Wirkens in Israel begann.

Jesus wird geboren

2 Zu jener Zeit ordnete der römische Kaiser Augustus eine
Volkszählung im ganzen Römischen Reich an. [2]Dies war
die erste Volkszählung; sie wurde durchgeführt, als Quirini-
us Statthalter von Syrien war. [3]Alle Menschen kehrten in
ihre Heimatstadt zurück, um sich für die Zählung eintragen
zu lassen. [4]Weil Josef ein Nachkomme Davids war, musste er
nach Bethlehem in Judäa, in die Stadt Davids, reisen. Von
Nazareth in Galiläa aus machte er sich auf den Weg [5]und
nahm seine Verlobte Maria mit, die hochschwanger war.
[6]Als sie in Bethlehem waren, kam die Zeit der Geburt he-
ran. [7]Maria gebar ihr erstes Kind, einen Sohn. Sie wickelte
ihn in Windeln und legte ihn in eine Futterkrippe, weil es
im Gasthaus keinen Platz für sie gab.

Die Hirten und Engel

[8]In jener Nacht hatten ein paar Hirten auf den Feldern vor
dem Dorf ihr Lager aufgeschlagen, um ihre Schafe zu hü-
ten. [9]Plötzlich erschien ein Engel des Herrn in ihrer Mitte.
Der Glanz des Herrn umstrahlte sie. Die Hirten erschra-
ken, [10]aber der Engel beruhigte sie. »Habt keine Angst!«,
sagte er. »Ich bringe eine gute Botschaft für alle Menschen!

[11]Der Retter – ja, Christus*, der Herr – ist heute Nacht in
Bethlehem, der Stadt Davids, geboren worden! [12]Und daran
könnt ihr ihn erkennen: Ihr werdet ein Kind finden, das in
Windeln gewickelt in einer Futterkrippe liegt!«

[13]Auf einmal war der Engel von den himmlischen Heerscharen umgeben, und sie alle priesen Gott mit den Worten:

[14]»Ehre sei Gott im höchsten Himmel und Frieden auf Erden für alle Menschen, an denen Gott Gefallen hat*.«

[15]Als die Engel in den Himmel zurückgekehrt waren, sagten die Hirten zueinander: »Kommt, gehen wir nach Bethlehem! Wir wollen das Wunder, von dem der Herr uns erzählen ließ, mit eigenen Augen sehen.«

[16]Sie liefen so schnell sie konnten ins Dorf und fanden
Maria und Josef und das Kind in der Futterkrippe. [17]Da erzählten die Hirten allen, was geschehen war und was der
Engel ihnen über dieses Kind gesagt hatte. [18]Alle Leute, die
den Bericht der Hirten hörten, waren voller Staunen. [19]Maria aber bewahrte alle diese Dinge in ihrem Herzen und
dachte oft darüber nach. [20]Die Hirten kehrten zu ihren Herden auf den Feldern zurück; sie priesen und lobten Gott für das, was der Engel ihnen gesagt hatte und was sie gesehen hatten. Alles war so, wie es ihnen angekündigt worden war.

Jesus wird im Tempel geweiht

[21]Als das Kind acht Tage später beschnitten wurde, gab man ihm den Namen Jesus – so wie der Engel ihn schon genannt hatte, bevor Maria schwanger wurde.

[22]Dann kam die Zeit des Reinigungsopfers, das im Gesetz Moses nach der Geburt eines Kindes vorgeschrieben ist.

2,11 Übersetzung von Hebr. *Messias*, d. h. *der Gesalbte*. **2,14** O. *Und Friede auf Erden für alle Menschen, die Gott gefallen.* In manchen Handschriften heißt es: ... *Friede auf Erden und Freundlichkeit unter den Menschen.*

Maria und Josef gingen mit ihm nach Jerusalem, um ihn
dem Herrn zu weihen. [23]Denn im Gesetz des Herrn steht:
»Alle erstgeborenen Söhne müssen dem Herrn geweiht
werden.«* [24]Sie brachten das Reinigungsopfer dar, wie es das
Gesetz vorschrieb: »Ein Paar Turteltauben oder zwei junge
Tauben.«*

Die Prophezeiung Simeons

[25]In Jerusalem lebte ein Mann namens Simeon. Er war ge-
recht und gottesfürchtig. Simeon war vom Heiligen Geist
erfüllt und wartete sehnsüchtig auf die Ankunft des Chris-
tus, der Israel Trost und Rettung bringen sollte. [26]Der Hei-
lige Geist hatte ihm offenbart, dass er nicht sterben würde,
bevor er den vom Herrn gesandten Christus gesehen hätte.
[27]An diesem Tag führte der Heilige Geist ihn in den Tempel.
Als Maria und Josef kamen, um das Kind dem Herrn zu wei-
hen, wie es im Gesetz vorgeschrieben ist, [28]war Simeon dort.
Er nahm das Kind auf seine Arme und lobte Gott und sagte:
[29]»Herr, nun kann ich in Frieden sterben! Wie du es mir
versprochen hast, [30]habe ich den Retter gesehen, [31]den du al-
len Menschen geschenkt hast.
[32]Er ist ein Licht, das den Völkern Gott offenbaren wird,
und er ist die Herrlichkeit deines Volkes Israel!«
[33]Josef und Maria staunten, als sie hörten, was Simeon
über Jesus sagte. [34]Simeon aber segnete sie und sagte zu Ma-
ria: »Dieses Kind wird von vielen in Israel abgelehnt wer-
den, und das wird ihren Untergang bedeuten. Für viele an-
dere Menschen aber wird er die höchste Freude sein. [35]Auf
diese Weise wird an den Tag kommen, was viele im Inners-
ten bewegt. Doch auch durch deine Seele wird ein Schwert
dringen.«

2,23 2. Mose 13,2. **2,24** 3. Mose 12,8.

Die Prophezeiung Hannas

36Im Tempel befand sich auch Hanna, eine Prophetin. Sie
war eine Tochter Phanuëls aus dem Stamm Asser und schon
sehr alt. Hanna war Witwe. Ihr Mann war nach nur sieben
Jahren Ehe gestorben. 37Jetzt war sie vierundachtzig Jahre
alt und verließ den Tempel nie mehr, sondern diente Gott
dort Tag und Nacht mit Fasten und Beten. 38Als Simeon mit
Maria und Josef sprach, ging sie vorbei und begann, Gott zu
loben. Allen, die auf die verheißene Erlösung Israels warte-
ten, erzählte sie von Jesus.

39Als Maria und Josef alles erfüllt hatten, was nach dem
Gesetz des Herrn vorgeschrieben ist, kehrten sie nach Na-
zareth in Galiläa zurück. 40Dort wuchs Jesus heran und wur-
de groß und kräftig. Er war mit Weisheit erfüllt, und Gottes
besondere Gnade ruhte auf ihm.

Jesus spricht mit den Gelehrten

41Jedes Jahr zum Passahfest zogen seine Eltern nach Jerusa-
lem hinauf. 42Als Jesus zwölf Jahre alt war, nahmen sie auch
wieder am Fest teil. 43Nach den Feierlichkeiten machten sie
sich auf den Heimweg nach Nazareth, doch Jesus blieb in
Jerusalem zurück. Zuerst vermissten seine Eltern ihn nicht,
44weil sie annahmen, dass er sich bei Freunden unter den an-
deren Reisenden befand. Doch als er am Abend immer noch
nicht erschien, begannen sie, bei ihren Verwandten und
Freunden nach ihm zu fragen. 45Da sie ihn nirgends finden
konnten, kehrten sie nach Jerusalem zurück, um dort nach
ihm zu suchen. 46Nach drei Tagen endlich entdeckten sie
ihn. Er saß ihm Tempel inmitten der Lehrer, hörte ihnen zu
und stellte Fragen. 47Alle, die ihn hörten, staunten über sein
Verständnis und seine klugen Antworten.

48Seine Eltern wussten nicht, was sie davon halten sollten.
»Kind!«, sagte seine Mutter zu ihm. »Wie konntest du uns

das antun? Dein Vater und ich waren in schrecklicher Sorge.
Wir haben dich überall gesucht.«
49 »Warum habt ihr mich gesucht?«, fragte er. »Ihr hättet
doch wissen müssen, dass ich im Haus meines Vaters bin.«*
50 Doch sie verstanden nicht, was er damit meinte.
51 Daraufhin kehrte er mit ihnen nach Nazareth zurück
und war ihnen ein gehorsamer Sohn. Seine Mutter bewahr-
te all diese Dinge in ihrem Herzen. 52 So wuchs Jesus heran
und gewann an Weisheit. Gott liebte ihn, und alle, die ihn
kannten, schätzten ihn sehr.

Johannes der Täufer

3 Es war im fünfzehnten Regierungsjahr des römischen
Kaisers Tiberius. Pilatus war Statthalter in Judäa; Hero-
des Antipas herrschte* über Galiläa, sein Bruder Philippus
regierte* in Ituräa und Trachonitis, und Lysanias war Herr-
scher in Abilene. 2 Hannas und Kaiphas waren Hohe Pries-
ter. In dieser Zeit erhielt Johannes, der Sohn des Zacharias,
draußen in der Wildnis eine Botschaft von Gott. 3 Daraufhin
zog Johannes in der Gegend des Jordan von Ort zu Ort und
predigte den Menschen: Sie sollten sich taufen lassen als
Zeichen dafür, dass sie sich von ihren Sünden abgekehrt und
Gott zugewandt hatten, um Vergebung zu erhalten.* 4 So er-

2,49 O. *»Habt ihr denn nicht gewusst, dass ich mich mit den Dingen meines Vaters beschäftigen muss?«.* **3,1a** Griech. *Herodes war Vierfürst.* Herodes Antipas war ein Sohn von König Herodes. **3,1b** Griech. *Vierfürst*; so auch in 3,19. **3,3** Griech. *predigte die Taufe der Buße zur Vergebung der Sünden.*

füllte sich, was im Propheten Jesaja steht: »Er ist eine Stim-
me, die in der Wüste ruft:
›Schafft Raum für das Kommen des Herrn! Ebnet ihm den
Weg! 5Die Täler sollen aufgeschüttet, die Berge und Hügel
eingeebnet werden! Das Krumme soll gerade und das Raue
glatt werden! 6Dann werden alle Menschen Gottes Heil se-
hen.‹«*

7Und so sprach Johannes zu den Menschen, die zahlreich
zu ihm kamen, um sich taufen zu lassen: «Ihr Schlangenbrut!
Wer hat euch eingeredet, ihr könntet dem bevorstehenden
Gericht Gottes entgehen? 8Beweist durch euren Lebens-
wandel, dass ihr euch wirklich von euren Sünden abgekehrt
und Gott zugewandt habt. Es genügt nicht zu sagen: ›Wir
sind die Nachkommen Abrahams. Uns kann nichts gesche-
hen.‹ Das beweist gar nichts. Wenn Gott wollte, könnte er
aus diesen Steinen Kinder Abrahams machen. 9Die Axt wird
schon durch die Luft geschwungen, bereit, eure Wurzeln ab-
zuhacken; denn jeder Baum, der keine guten Früchte bringt,
wird umgehauen und ins Feuer geworfen.«

10Die Menge fragte: »Und was sollen wir tun?«

11Johannes erwiderte: »Wenn ihr zwei Mäntel habt, gebt
einen den Armen. Wenn ihr zu essen habt, teilt es mit de-
nen, die hungrig sind.«

12Auch Steuereinnehmer kamen zu ihm, um sich taufen zu
lassen. Und auch sie fragten: »Meister, was sollen wir tun?«

13»Beweist, dass ihr ehrlich seid«, erwiderte er, »treibt
nicht mehr Steuern ein, als die römische Regierung euch
vorschreibt.«

14»Und was sollen wir tun?«, fragten einige Soldaten.

Johannes antwortete: »Seid keine Räuber und Erpresser.
Gebt euch mit eurem Sold zufrieden.«

3,4-6 Jesaja 40,3-5.

15 Alle warteten sehr auf das Kommen des Christus und
wollten unbedingt wissen, ob Johannes der Christus sei.
16 Auf diese Frage antwortete Johannes: »Ich taufe mit* Was-
ser, aber bald kommt einer, der stärker ist als ich – so viel ge-
waltiger, dass ich nicht einmal wert bin, sein Diener zu
sein*. Er wird euch mit dem Heiligen Geist und mit Feuer*
taufen. 17 Er wird mit seiner Schaufel die Spreu vom Weizen
trennen, den Dreschplatz aufräumen und den Weizen in die
Scheune bringen; die Spreu aber wird er im ewigen Feuer
verbrennen.« 18 Und noch viele solche Warnungen sprach
Johannes aus, als er dem Volk die Botschaft Gottes verkün-
dete.

19 Selbst den Fürsten Herodes Antipas wies Johannes offen
zurecht, weil er Herodias, die Frau seines Bruders, geheira-
tet und noch viel anderes Unrecht begangen hatte. 20 Und
die Schuld des Herodes wurde noch größer, als er Johannes
ins Gefängnis werfen ließ.

Jesus lässt sich taufen

21 Als Johannes wieder einmal viele Menschen taufte, ließ
sich auch Jesus taufen. Als er betete, öffnete sich der Him-
mel, 22 und der Heilige Geist kam in Gestalt einer Taube auf
ihn herab. Und eine Stimme vom Himmel sprach: »Du bist
mein geliebter Sohn, an dir habe ich große Freude.*«

Die Ahnentafel von Jesus

23 Jesus war etwa dreißig Jahre alt, als er öffentlich zu wirken
begann.

Jesus war bekannt als der Sohn Josefs.
Josef war der Sohn von Eli.

3,16a O. *in.* **3,16b** Griech. *ihm die Sandalen aufzubinden.* **3,16c** O. *im Heiligen Geist und in Feuer.* **3,22** In manchen Handschriften heißt es *und heute bin ich dein Vater geworden.*

24 Eli war der Sohn von Mattat.
Mattat war der Sohn von Levi.
Levi war der Sohn von Melchi.
Melchi war der Sohn von Jannai.
Jannai war der Sohn von Josef.
25 Josef war der Sohn von Mattitja.
Mattitja war der Sohn von Amos.
Amos war der Sohn von Nahum.
Nahum war der Sohn von Hesli.
Hesli war der Sohn von Naggai.
26 Naggai war der Sohn von Mahat.
Mahat war der Sohn von Mattitja.
Mattitja war der Sohn von Schimi.
Schimi war der Sohn von Josech.
Josech war der Sohn von Joda.
27 Joda war der Sohn von Johanan.
Johanan war der Sohn von Resa.
Resa war der Sohn von Serubbabel.
Serubbabel war der Sohn von
Schealtiël.
Schealtiël war der Sohn von Neri.
28 Neri war der Sohn von Melchi.
Melchi war der Sohn von Addi.
Addi war ein Sohn von Kosam.
Kosam war der Sohn von Elmadam.
Elmadam war der Sohn von Er.
29 Er war der Sohn von Joschua.
Joschua war der Sohn von Eliëser.
Eliëser war der Sohn von Jorim.
Jorim war der Sohn von Mattat.
Mattat war der Sohn von Levi.
30 Levi war der Sohn von Simeon.
Simeon war der Sohn von Juda.

Juda war der Sohn von Josef.
Josef war der Sohn von Jonam.
Jonam war der Sohn von Eljakim.
31 Eljakim war der Sohn von Melea.
Melea war der Sohn von Menna.
Menna war der Sohn von Mattata.
Mattata war der Sohn von Nathan.
Nathan war der Sohn von David.
32 David war der Sohn von Isai.
Isai war der Sohn von Obed.
Obed war der Sohn von Boas.
Boas war der Sohn von Salmon*.
Salmon war der Sohn von Nachschon.
33 Nachschon war der Sohn von Amminadab.
Amminadab war der Sohn von Admin.
Admin war der Sohn von Arni*.
Arni war der Sohn von Hezron.
Hezron war der Sohn von Perez.
Perez war der Sohn von Juda.
34 Juda war der Sohn von Jakob.
Jakob war der Sohn von Isaak.
Isaak war der Sohn von Abraham.
Abraham war der Sohn von Terach.
Terach war der Sohn von Nahor.
35 Nahor war der Sohn von Serug.
Serug war der Sohn von Regu.

3,32 Griech. *Sala*; s. Rut 4,21. **3,33** *Arni* ist mit *Ram* identisch; s. 1. Chronik 2,9-10.

Regu war der Sohn von Peleg.
Peleg war der Sohn von Eber.
Eber war der Sohn von Schelach.
36 Schelach war der Sohn von Kenan.
Kenan war der Sohn von Arpachschad.
Arpachschad war der Sohn von Sem.
Sem war der Sohn von Noah.
Noah war der Sohn von Lamech.
37 Lamech war der Sohn von Metuschelach.
Metuschelach war der Sohn von Henoch.
Henoch war der Sohn von Jered.
Jered war der Sohn von Mahalalel.
Mahalalel war der Sohn von Kenan.
38 Kenan war der Sohn von Enosch.
Enosch war der Sohn von Set.
Set war der Sohn von Adam.
Adam war der Sohn Gottes.

Die Versuchung

4 Vom Heiligen Geist erfüllt, verließ Jesus den Jordan.
Der Geist brachte ihn in die Wüste, 2 wo der Teufel ihn
vierzig Tage lang in Versuchung führte. Während dieser
ganzen Zeit aß er nichts, sodass er schließlich sehr hungrig
war.

[3]Da sagte der Teufel zu ihm: »Wenn du der Sohn Gottes
bist, verwandle doch diesen Stein in Brot.«
[4]Aber Jesus erwiderte: »Nein! In der Schrift steht: ›Der
Mensch braucht mehr als nur Brot zum Leben.‹*«
[5]Da führte der Teufel ihn auf die Höhe und zeigte ihm alle
Königreiche der Welt in einem Augenblick. [6]Und er sagte
zu ihm: »Ich will dir Macht über diese Länder und all ihre
Reichtümer geben, denn ich verfüge über sie und kann sie
geben, wem ich will. [7]Das alles werde ich dir schenken,
wenn du niederkniest und mich anbetest.«
[8]Jesus erwiderte: »In der Schrift steht:
›Du sollst den Herrn, deinen Gott, anbeten und nur ihm
allein dienen.‹*«
[9]Da versetzte der Teufel ihn nach Jerusalem auf den
höchsten Punkt des Tempels und sagte: »Wenn du der Sohn
Gottes bist, spring hier hinunter! [10]Denn in der Schrift
steht:
›Er befiehlt seinen Engeln, dich zu beschützen und zu be-
wahren. [11]Sie werden dich auf ihren Händen tragen, damit
deine Füße niemals stolpern.‹*«
[12]Jesus erwiderte: »In der Schrift steht auch: ›Fordere den
Herrn, deinen Gott, nicht heraus.‹*«
[13]Als der Teufel aufgehört hatte, Jesus zu versuchen, ver-
ließ er ihn für einige Zeit*.

4,4 5. Mose 8,3. Griech. heißt es *der Mensch wird nicht von Brot allein leben.*
4,8 5. Mose 6,13. **4,10-11** Psalm 91,11-12. **4,12** 5. Mose 6,16.
4,13 Griech. *Und nachdem er vollendet hatte jede Versuchung, entfernte sich der Teufel von ihm zu gelegener Zeit.*

Jesus wird in Nazareth abgelehnt

14 Danach kehrte Jesus, von der Kraft des Heiligen Geistes
erfüllt, nach Galiläa zurück. Schnell wurde er in der ganzen
Gegend bekannt. 15 Er lehrte in ihren Synagogen und wurde
von allen verehrt.

16 Als er nach Nazareth kam, wo er seine Kindheit ver-
bracht hatte, ging er wie gewohnt am Sabbat in die Synago-
ge und stand auf, um aus der Schrift vorzulesen. 17 Man
reichte ihm die Schriftrolle des Propheten Jesaja, und als er
sie aufrollte, fand er die Stelle, an der steht:

18 »Der Geist des Herrn ruht auf mir, denn er hat mich ge-
salbt, um den Armen die gute Botschaft zu verkünden.

Er hat mich gesandt, Gefangenen zu verkünden, dass sie
freigelassen werden, Blinden, dass sie sehen werden, Unter-
drückten, dass sie befreit werden 19 und dass die Zeit der
Gnade des Herrn gekommen ist.*«

20 Er rollte die Schriftrolle zusammen, gab sie dem Syna-
gogendiener zurück und setzte sich. Alle in der Synagoge sa-
hen ihn an. 21 Und er sagte: »Heute ist dieses Wort vor euren
Augen und Ohren Wirklichkeit geworden!«

22 Alle Anwesenden äußerten sich anerkennend über ihn
und wunderten sich zugleich über seine Worte. »Wie kann
das sein?«, fragten sie. »Ist das nicht Josefs Sohn?«

23 Da sagte er: »Bestimmt werdet ihr mir das Sprichwort
vorhalten: ›Arzt, hilf dir selbst‹ – und damit meinen: ›Wa-
rum tust du hier in deiner Heimatstadt keine Wunder wie in
Kapernaum?‹ 24 Wahrhaftig, kein Prophet gilt etwas in seiner
Heimatstadt.

25 Zur Zeit Elias gab es in Israel bestimmt viele hilfsbedürf-
tige Witwen, als es dreieinhalb Jahre lang nicht regnete und

4,18-19 O. *das angenehme Jahr des Herrn auszurufen;* Jesaja 61,1-2.

Hunger im Land herrschte. 26Dennoch wurde Elia zu keiner
von ihnen geschickt, sondern nur zu einer Witwe aus Sarep-
ta – einer Fremden im Gebiet von Sidon. 27Oder denkt an
den Propheten Elisa, der den Syrer Naaman heilte und
nicht die vielen Aussätzigen in Israel.«

28Als die Leute in der Synagoge das hörten, wurden sie
zornig. 29Sie sprangen auf und trieben ihn hinaus an einen
steilen Abhang des Berges, auf dem die Stadt erbaut war.
Sie wollten ihn hinunterstürzen, 30doch er schritt mitten
durch sie hindurch und ging fort.

Jesus treibt einen Dämon aus

31Danach zog Jesus nach Kapernaum in Galiläa und lehrte
dort jeden Sabbat in der Synagoge. 32Auch hier waren die
Leute von seiner Lehre überwältigt, denn er sprach mit
Vollmacht.

33Einmal, als er in der Synagoge war, fing ein Mann, der
von einem Dämon besessen war, an zu schreien: 34»Was
willst du von uns, Jesus von Nazareth? Bist du gekommen,
um uns zu vernichten? Ich weiß, wer du bist – der Heilige
Gottes, den er gesandt hat.«

35»Sei still!«, gebot Jesus dem Dämon. »Fahre aus dem
Mann aus!« Der Dämon warf den Mann vor den Augen der
Menge zu Boden; dann fuhr er aus ihm aus, ohne ihn weiter
zu verletzen.

36Voll Staunen riefen die Leute: »Welche Vollmacht und
Kraft in den Worten dieses Mannes liegen! Selbst böse
Geister gehorchen ihm und weichen, wenn er es befiehlt!«
37Diese Geschichte von Jesus sprach sich in kürzester Zeit in
der ganzen Gegend herum.

Jesus heilt viele Menschen

38Nachdem Jesus die Synagoge an jenem Tag verlassen hat-
te, ging er zum Haus Simons und fand dort Simons Schwie-
germutter mit hohem Fieber vor. »Bitte, mach sie gesund«,
baten alle. 39Er stellte sich neben ihr Bett, befahl dem Fieber
zu weichen, und augenblicklich fiel das Fieber. Sofort stand
sie auf und machte ihnen etwas zu essen.
40Als die Sonne an diesem Abend unterging, brachten die
Dorfbewohner ihre kranken Angehörigen zu Jesus. Welche
Krankheiten sie auch hatten: Er legte ihnen die Hände auf
und heilte sie alle. 41Einige waren auch von Dämonen beses-
sen; auf seinen Befehl fuhren die Dämonen aus ihnen aus
und schrien dabei: »Du bist der Sohn Gottes.« Doch weil
sie wussten, dass er der Christus war, verbot er ihnen zu re-
den.

Jesus predigt weiter

42Früh am nächsten Morgen ging Jesus an einen einsamen
Ort. Die Menschen suchten ihn überall. Als sie ihn schließ-
lich fanden, baten sie ihn, sie nicht zu verlassen. 43Doch er
erwiderte: »Ich muss die Botschaft vom Reich Gottes auch
an anderen Orten verkünden, denn dazu bin ich gesandt
worden.« 44Und so zog er weiter umher und predigte über-
all in Judäa in den Synagogen.*

4,44 In einigen Handschriften steht *in Galiläa.*

Die ersten Jünger

5 Als Jesus eines Tages am See Genezareth predigte, drängten sich viele Menschen um ihn, die alle das Wort Gottes hören wollten. [2]Er bemerkte zwei leere Boote am Ufer. Die Fischer hatten sie liegen lassen und reinigten gerade ihre Netze. [3]Jesus stieg in eines der Boote und bat den Besitzer des Boots, Simon*, vom Ufer abzustoßen. Dann lehrte er die Menge vom Boot aus.

[4]Als er mit seiner Predigt fertig war, sagte er zu Simon: »Nun fahr weiter hinaus und wirf dort deine Netze aus, dann wirst du viele Fische fangen.«

[5]»Meister«, entgegnete Simon, »wir haben die ganze letzte Nacht hart gearbeitet und gar nichts gefangen. Aber wenn du es sagst, werde ich es noch einmal versuchen.« [6]Diesmal waren ihre Netze so voll, dass sie zu reißen begannen! [7]Sie riefen nach ihren Gefährten in dem anderen Boot, und bald darauf waren beide Boote so voller Fische, dass sie unterzugehen drohten.

[8]Als Simon Petrus begriff, was da geschehen war, fiel er vor Jesus auf die Knie und sagte: »Herr, kümmere dich nicht weiter um mich – ich bin ein zu großer Sünder, um bei dir zu sein.« [9]Denn beim Anblick des überreichen Fangs hatte ihn Ehrfurcht erfasst, und den anderen ging es genauso. [10]Auch Jakobus und Johannes, die Söhne des Zebedäus, waren voller Staunen.

Jesus sagte zu Simon: »Hab keine Angst! Von jetzt an wirst du Menschen fischen!« [11]Und sobald sie am Ufer angelegt hatten, ließen sie alles zurück und folgten Jesus nach.

5,3 Simon wird ab 6,14 *Petrus* genannt.

Jesus heilt einen Leprakranken

12In einem der Dörfer begegnete Jesus einem Aussätzigen,
dessen Krankheit schon weit fortgeschritten war. Als der
Mann Jesus sah, warf er sich mit dem Gesicht vor ihm in den
Staub und flehte ihn an, ihn zu heilen. »Herr«, sagte er,
»wenn du willst, kannst du mich gesund machen.«
13Da streckte Jesus die Hand aus und berührte den Mann.
»Ich will es tun«, sagte er, »sei gesund!« Und im gleichen Au-
genblick verschwand der Aussatz. 14Jesus wies ihn an, nieman-
dem zu erzählen, was geschehen war. Er sagte: »Geh zum
Priester und lass dich von ihm untersuchen. Nimm das Opfer
mit, das im Gesetz Moses für diejenigen vorgeschrieben wird,
die von Aussatz geheilt sind. Das wird für alle ein Beweis dei-
ner Heilung sein.« 15Doch trotzdem verbreitete sich das, was
er tat, noch schneller, und die Menschen strömten herbei, um
ihn predigen zu hören und von ihren Krankheiten geheilt zu
werden. 16Jesus zog sich jedoch immer wieder zum Gebet in
die Wüste zurück.

Jesus heilt einen Gelähmten

17Eines Tages saßen einige Pharisäer und Schriftgelehrte da-
bei, als Jesus lehrte. Die Männer waren aus den Dörfern von
ganz Galiläa und Judäa und sogar aus Jerusalem hergekom-
men. Und die heilende Kraft des Herrn ging von Jesus aus.
18Da trugen ein paar Männer auf einer Matte einen Gelähm-
ten herbei. Sie versuchten, durch die Menge zu Jesus vorzu-
dringen, 19doch es gelang ihnen nicht. Schließlich stiegen sie
auf das Dach, nahmen ein paar Ziegel weg und ließen den
Kranken auf der Matte mitten unter die Zuhörer hinab, Je-
sus direkt vor die Füße. 20Als Jesus ihren Glauben sah, sagte
er zu dem Mann: »Sohn, deine Sünden sind dir vergeben.«

21»Für wen hält dieser Mann sich?«, sagten die Pharisäer
und die Schriftgelehrten zueinander. »Das ist doch Gottes-
lästerung! Wer außer Gott kann Sünden vergeben?«
22Jesus wusste, was sie dachten, und fragte sie: »Was
macht ihr euch für Gedanken in euren Herzen? 23Ist es
leichter zu sagen: ›Deine Sünden sind dir vergeben‹ oder:
›Steh auf und geh‹? 24Ich werde euch beweisen, dass der
Menschensohn auf Erden die Vollmacht hat, Sünden zu ver-
geben.« Und er wandte sich an den Gelähmten und sagte:
»Steh auf, nimm deine Matte und geh nach Hause!«
25Da sprang der Mann vor den Augen aller Anwesenden
auf die Füße, hob seine Matte auf und ging nach Hause und
lobte Gott aus vollem Herzen. 26Ehrfürchtiges Staunen er-
fasste die Zuschauer. Sie priesen Gott und sagten immer
wieder: »Heute haben wir wirklich Unglaubliches gese-
hen.«

Jesus beruft Levi (Matthäus)

27Später, als Jesus die Stadt verließ, sah er einen Steuerein-
treiber namens Levi vor seinem Zollhäuschen sitzen.
»Komm, folge mir nach!«, sagte Jesus zu ihm. 28Da stand
Levi auf, ließ alles liegen und folgte ihm nach.
29Kurz darauf lud Levi Jesus als Ehrengast zu einem Fest-
essen in sein Haus ein. Viele mit Levi befreundete Steuer-
einnehmer und andere Gäste waren anwesend. 30Da mach-
ten die Pharisäer und Schriftgelehrten den Jüngern von Je-
sus heftige Vorhaltungen: »Wie könnt ihr nur mit diesem
Abschaum* essen und trinken?«
31Jesus antwortete ihnen: »Nicht die Gesunden brauchen
den Arzt, sondern die Kranken. 32Ich bin gekommen, um
Sünder zur Umkehr von ihren Sünden zu rufen, und nicht,

5,30 Griech. *mit Steuereintreibern und Sündern.*

um meine Zeit mit denen zu verbringen, die sich schon für gut genug halten.«

Über das Fasten

33Die führenden Männer des Judentums kritisierten Jesus,
weil seine Jünger aßen und tranken statt zu fasten. »Die
Jünger von Johannes dem Täufer fasten und beten häufig«,
erklärten sie, »und die Jünger der Pharisäer genauso. Wie
kommt es, dass deine Jünger nicht fasten, sondern essen und
trinken?«

34Jesus fragte zurück: »Fasten etwa die Hochzeitsgäste,
während sie mit dem Bräutigam feiern? 35Eines Tages wird
er ihnen weggenommen werden, und dann werden sie fas-
ten.«

36Und er gab ihnen folgendes Beispiel: »Niemand reißt
ein Stück Stoff aus einem neuen Kleid, um damit ein altes zu
flicken. Denn das neue Kleid wäre zerrissen und der Flicken
würde nicht zu dem alten passen. 37Und niemand füllt neuen
Wein in alte Weinschläuche. Der neue Wein würde die al-
ten Weinschläuche platzen lassen, der Wein würde ver-
schüttet und die Schläuche wären verdorben. 38Neuer Wein
gehört in neue Weinschläuche. 39Aber keiner, der alten
Wein trinkt, scheint neuen Wein zu wollen, denn er sagt:
›Der alte ist besser.‹«

Über den Sabbat

6 Als Jesus an einem Sabbat durch die Kornfelder ging, ris-
sen seine Jünger ein paar Ähren aus, zerrieben sie mit
den Händen und aßen die Körner. [2]Da sagten ein paar Pha-
risäer zu ihnen: »Das dürft ihr nicht! Es verstößt gegen das
Gesetz, am Sabbat zu arbeiten, indem man Getreide erntet.«
[3]Jesus erwiderte ihnen: »Habt ihr nie in der Schrift gele-
sen, was David tat, als er und seine Begleiter hungrig waren?
[4]Er ging in das Haus Gottes, aß von den Broten, die den
Priestern vorbehalten sind, und gab auch seinen Freunden
davon zu essen. Auch das verstieß gegen das Gesetz.« [5]Und
Jesus fügte hinzu: »Der Menschensohn ist auch Herr über
den Sabbat.«

Jesus heilt am Sabbat

[6]An einem anderen Sabbat befand sich ein Mann mit einer
verkrüppelten Hand in der Synagoge, während Jesus lehrte.
[7]Die Schriftgelehrten und Pharisäer passten genau auf, ob
Jesus den Mann am Sabbat heilen würde, denn sie suchten
nach einem Vorwand, Anklage gegen ihn zu erheben. [8]Doch
Jesus wusste sehr wohl, was sie dachten. Er sagte zu dem
Mann mit der verkrüppelten Hand: »Komm her und stell
dich hier in die Mitte.« Da stand der Mann auf. [9]Dann sag-
te Jesus zu ihnen: »Ich habe eine Frage an euch. Entspricht
es dem Gesetz, am Sabbat Gutes zu tun, oder ist der Sabbat
ein Tag, um Schaden zuzufügen? Ist er ein Tag, um Leben
zu retten oder zu vernichten?« [10]Er sah einen nach dem
anderen an und sagte dann zu dem Mann: »Streck deine
Hand aus.« Der Mann streckte seine Hand aus, und sie wur-
de wieder gesund! [11]Darüber gerieten die Gegner von Jesus
außer sich vor Zorn und sie begannen, Pläne zu schmieden,
was sie gegen ihn unternehmen könnten.

Jesus wählt die zwölf Apostel

12Nicht lange danach stieg Jesus auf einen Berg, um zu be-
ten. Er betete die ganze Nacht hindurch zu Gott. 13Bei Ta-
gesanbruch rief er alle seine Jünger zusammen und wählte
zwölf von ihnen aus, die er Apostel nannte. Dies sind ihre
Namen:
14Simon (den er auch Petrus nannte), Andreas (der Bruder
von Petrus), Jakobus, Johannes, Philippus, Bartholomäus,
15Matthäus, Thomas, Jakobus (der Sohn des Alphäus), Simon
(der Zelot), 16Judas (der Sohn des Jakobus) und Judas Iskariot
(der ihn später verriet).

Viele Menschen folgen Jesus

17Als Jesus und die Jünger wieder von dem Berg herunterka-
men, befanden sie sich in einer weiten Ebene, umringt von
den Anhängern von Jesus und vielen anderen Menschen. Es
waren Leute aus ganz Judäa und Jerusalem und von weit her
aus den nördlichen Küstengebieten von Tyrus und Sidon.
18Sie waren gekommen, um ihn predigen zu hören und ge-
heilt zu werden, und Jesus trieb viele böse Geister aus. 19Alle
wollten ihn berühren, weil eine heilende Kraft von ihm aus-
ging, und alle wurden geheilt.

Die Seligpreisungen

20Dann wandte Jesus sich an seine Jünger und sagte: »Gott
segnet euch, die ihr arm seid, denn euch wird das Reich
Gottes geschenkt.
21Gott segnet euch, die ihr jetzt hungert, denn ihr werdet
satt werden. Gott segnet euch, die ihr jetzt weint, denn die
Zeit wird kommen, in der ihr vor Freude lachen werdet.
22Gott segnet euch, die ihr gehasst und ausgeschlossen
und verspottet und verflucht werdet, weil ihr zum Men-
schensohn gehört.

23 Wenn das geschieht, dann freut euch, springt vor Freu-
de! Denn im Himmel erwartet euch eine große Belohnung.
Und denkt daran, dass die Propheten früher von euren Vor-
fahren genauso behandelt wurden.

Ankündigung künftigen Leids

24 Welche Not erwartet euch, die ihr reich seid, denn ihr habt
euren Trost jetzt schon erhalten.

25 Welche Not erwartet euch, die ihr jetzt satt seid, denn
ein nagender Hunger steht euch bevor.

Welche Not erwartet euch, die ihr unbekümmert lacht,
denn euer Lachen wird sich in Traurigkeit und Weinen ver-
wandeln.

26 Welche Not erwartet euch, die ihr von der Menge ge-
rühmt werdet, denn ihre Vorfahren haben auch den falschen
Propheten zugejubelt.

Über die Feindesliebe

27 Doch wenn ihr bereit seid, wirklich zu hören, dann sage
ich euch: Liebt eure Feinde. Tut denen Gutes, die euch has-
sen. 28 Betet für das Glück derer, die euch verfluchen. Betet
für die, die euch verletzen. 29 Wenn jemand dich auf die eine
Wange schlägt, dann halte ihm auch die andere hin. Wenn
jemand deinen Mantel will, biete ihm auch dein Hemd an.
30 Wer dich bittet, dem gib, was du hast; und wenn dir etwas
weggenommen wird, versuche nicht, es wiederzubekom-
men. 31 Behandle andere so, wie du von ihnen behandelt wer-
den möchtest.

32 Glaubt ihr, ihr hättet dafür Anerkennung verdient, dass
ihr die liebt, die euch auch lieben? Das tun sogar die Sünder!
33 Und wenn ihr nur denen Gutes erweist, die euch Gutes
tun, was ist daran so anerkennenswert? Selbst Sünder ver-
halten sich so! 34 Oder wenn ihr nur denen Geld leiht, die es

euch zurückzahlen können, was ist daran außergewöhnlich?
Selbst Sünder leihen ihresgleichen Geld in der Hoffnung,
die volle Summe zurückzuerhalten.
35Liebt eure Feinde! Erweist ihnen Gutes! Leiht ihnen
Geld! Und macht euch keine Sorgen, weil sie es euch viel-
leicht nicht wiedergeben werden. Dann wird euer Lohn im
Himmel groß sein und ihr handelt wirklich wie Kinder des
Allerhöchsten, denn er erweist auch den Undankbaren und
den Bösen Gutes. 36Ihr sollt gütig sein, wie euer Vater gütig
ist.

Andere nicht verurteilen

37Hört auf, andere zu verurteilen, und ihr werdet auch nicht
verurteilt werden. Hört auf, andere zu tadeln, oder es wird
euch ebenso ergehen. Wenn ihr anderen vergebt, wird euch
auch vergeben werden. 38Wenn ihr gebt, werdet ihr erhal-
ten. Was ihr verschenkt, wird zusammengepresst und gerüt-
telt, in einem vollen, ja überreichlichen Maß zu euch zu-
rückfließen. Nach dem Maß, mit dem ihr gebt, werdet ihr
zurückbekommen.«
39Und er nannte ihnen folgendes Beispiel: »Was nützt es,
wenn ein Blinder den anderen führt? Er wird in eine Grube
fallen und den anderen mitreißen. 40Ein Schüler ist nicht
besser als sein Lehrer. Aber der Schüler, der hart arbeitet,
kann werden wie sein Lehrer.
41Was hältst du dich mit dem Splitter im Auge deines
Freundes* auf, wenn du einen Balken im eigenen Auge hast?
42Wie kommst du auf den Gedanken zu sagen: ›Freund, lass
mich dir helfen, diesen Splitter aus deinem Auge zu ziehen‹,
wenn du nicht über den Balken in deinem eigenen Auge hi-

6,41 Griech. *deines Bruders.*

nausschauen kannst? Du Heuchler! Entferne zuerst einmal den Balken aus deinem eigenen Auge; dann wirst du vielleicht gut genug sehen, um den Splitter aus dem Auge deines Freundes zu ziehen.

Der Baum und seine Früchte

43Ein guter Baum kann keine schlechten Früchte tragen und
ein schlechter Baum keine guten. 44Man erkennt einen
Baum an seiner Frucht. Feigen wachsen nicht an Dornensträuchern und Weintrauben nicht an Brombeerbüschen.
45Ein guter Mensch bringt aus einem guten Herzen gute Taten hervor, und ein böser Mensch bringt aus einem bösen Herzen böse Taten hervor. Was immer in deinem Herzen ist, das bestimmt auch dein Reden.

Auf ein festes Fundament bauen

46Warum nennt ihr mich also ›Herr‹, wenn ihr nicht tut, was
ich sage? 47Ich sage euch, wie es ist, wenn jemand zu mir
kommt, auf meine Worte hört und danach handelt. 48Das ist
wie bei einem Menschen, der ein Haus mit festem Fundament auf einen Felsen baut. Wenn es dann zu einer Überschwemmung kommt und die Wellen gegen das Haus schlagen, steht das Haus fest, weil es solide gebaut wurde. 49Wer
aber hört und nicht danach handelt, gleicht einem Menschen, der ein Haus ohne Fundament baut. Wenn dann die Flut kommt, stürzt das Haus ein, und es bleibt nichts als ein Trümmerhaufen.«

Der Glaube des römischen Hauptmanns

7 Nachdem Jesus das alles gesagt hatte, ging er wieder
nach Kapernaum. 2Dort lebte ein römischer Haupt-
mann, der einen Diener hatte, den er sehr schätzte. Nun war
dieser Diener schwer erkrankt und lag im Sterben. 3Als der
Hauptmann von Jesus hörte, schickte er einige angesehene
Männer aus dem jüdischen Volk zu ihm und bat ihn, zu
kommen und seinen Sklaven zu heilen. 4Diese baten Jesus
inständig, mitzukommen und dem Hauptmann zu helfen.
»Wenn jemand deine Hilfe verdient, dann er«, sagten sie,
5»denn er liebt die Juden und hat uns sogar die Synagoge ge-
baut.«

6Da ging Jesus mit ihnen. Doch kurz bevor sie das Haus er-
reichten, schickte der Hauptmann ihm ein paar Freunde ent-
gegen und ließ ihm ausrichten: »Herr, mach dir nicht die
Mühe, in mein Haus zu kommen, denn eine solche Ehre ver-
diene ich nicht. 7Ich bin nicht einmal würdig genug, selbst zu
dir zu kommen. Sprich einfach ein Wort, und mein Diener
wird gesund werden. 8Ich weiß das, weil ich dem Befehl von
Vorgesetzten unterstehe und auch selbst Soldaten befehlige.
Ich brauche nur zu einem von ihnen zu sagen: ›Geh‹, dann
geht er, oder: ›Komm‹, dann kommt er. Und wenn ich zu
meinem Diener sage: ›Tu dies‹, dann tut er es.«

9Als Jesus das hörte, staunte er. Er wandte sich zu der
Menge und sagte: »Ich sage euch, einen solchen Glauben
habe ich in ganz Israel nicht erlebt!« 10Und als die Freunde
des Hauptmanns in sein Haus zurückkehrten, fanden sie
den Diener gesund.

Auferweckung eines jungen Mannes

11Bald darauf zog Jesus mit seinen Jüngern weiter zur Stadt
Nain. Eine große Menschenmenge folgte ihnen. 12Als er

sich der Stadt näherte, kam ihm ein Trauerzug entgegen.
Der Tote war der einzige Sohn einer Witwe gewesen, und
viele trauerten mit ihr. [13]Als der Herr sie sah, empfand er
großes Mitleid mit ihr. »Weine nicht!«, sagte er. [14]Und er
ging hinüber zur Bahre und berührte sie. Die Träger blieben
stehen. »Ich sage dir«, sprach Jesus, »steh auf!« [15]Da setzte
sich der Verstorbene auf und fing an zu sprechen! So gab Je-
sus ihn seiner Mutter zurück.

[16]Angst und Ehrfurcht erfassten die ganze Menge. Sie lob-
ten Gott und sagten: »Ein mächtiger Prophet ist zu uns ge-
kommen. Heute hat Gott sein Volk besucht« [17]Berichte über
diese Tat verbreiteten sich in ganz Judäa und bis über die
Grenzen des Landes hinaus.

Jesus und Johannes der Täufer

[18]Johannes der Täufer erfuhr von seinen Jüngern alles, was
Jesus tat. Er rief zwei seiner Jünger zu sich [19]und schickte sie
zum Herrn, um ihn zu fragen: »Bist du wirklich der, der
kommen soll, oder sollen wir auf einen anderen warten?«

[20]Die beiden Jünger von Johannes fanden Jesus und sagten
zu ihm: »Johannes der Täufer schickt uns, um zu fragen:
›Bist du wirklich der, der kommen soll oder sollen wir auf ei-
nen anderen warten?‹

[21]Während sie bei ihm waren, heilte er viele Menschen von
ihren Krankheiten, trieb böse Geister aus und gab Blinden ihr
Augenlicht zurück. [22]Er gab den Jüngern des Johannes zu Ant-
wort: »Kehrt zu Johannes zurück und berichtet ihm, was ihr
gesehen und gehört habt: Blinde sehen, Gelähmte gehen,
Aussätzige werden geheilt, Taube hören, Tote werden aufer-
weckt und den Armen wird die gute Botschaft verkündet.

7,23 *O. die sich nicht meinetwegen vom Glauben abwenden.*

[23]Und sagt ihm auch: ›Gott segnet die, die keinen Anstoß an mir nehmen*.«
[24]Als sie gegangen waren, wandte Jesus sich an die Menge und sagte über Johannes: »Wer ist dieser Mann in der Wüste, den ihr unbedingt sehen wolltet? Kam er euch schwach vor wie ein Schilfrohr, das im Windhauch hin und her
schwankt? [25]Oder habt ihr einen Mann erwartet, der in kostbare Gewänder gehüllt ist? Nein, Leute mit kostbaren Kleidern und verschwenderischer Lebensart wohnen in Palästen, nicht in der Wüste. [26]Oder habt ihr in ihm einen Pro-
pheten vermutet? Ja, das ist er, und er ist sogar noch mehr
als das. [27]Johannes ist der Mann, von dem die Schrift sagt:

›Ich sende meinen Boten vor dir her, er wird deine Ankunft vorbereiten.‹*

[28]Ich sage euch: Von allen Menschen, die jemals gelebt haben, war keiner größer als Johannes. Und doch ist noch der Geringste im Reich Gottes größer als er!«
[29]Als sie das hörten, gaben alle – auch die Steuereinnehmer – zu, dass Gott es gut mit ihnen meinte*. Und sie ließen
sich von Johannes taufen. [30]Die Pharisäer und die Schriftgelehrten dagegen lehnten den Plan, den Gott für sie hatte, ab, denn sie ließen sich nicht von Johannes taufen.
[31]»Wie soll ich die Menschen dieser Generation beschreiben?«, fragte Jesus. »Womit soll ich sie vergleichen? [32]Sie
sind wie Kinder, die auf der Straße spielen und sich bei ihren Freunden beklagen: ›Wir haben lustige Lieder gespielt, und ihr wart nicht fröhlich; dann haben wir Klagelieder gespielt, aber ihr wart nicht traurig.‹ [33]Denn Johannes der Täufer
trank keinen Wein und fastete oft, und von ihm sagt ihr: ›Er ist von einem Dämon besessen.‹ [34]Der Menschensohn feiert

7,27 Maleachi 3,1. **7,29** O. *priesen Gott.*

und trinkt, und von ihm sagt ihr: ›Er ist ein Schlemmer und Säufer, und die schlimmsten Leute sind seine Freunde!‹
35 Doch die Weisheit erweist sich als richtig im Leben derer, die sie befolgen.*«

Jesus wird von einer Sünderin gesalbt

36 Einer der Pharisäer lud Jesus zum Essen in sein Haus ein.
Jesus nahm die Einladung an und setzte sich zu Tisch.
37 Eine Frau aus dem Ort, die für ihren unmoralischen Lebenswandel bekannt war, erfuhr, dass er da war, und brachte ein Gefäß* mit kostbarem Salböl.
38 Sie kniete vor Jesus nieder und weinte. Ihre Tränen fielen auf seine Füße, und sie trocknete sie mit ihren Haaren. Dann küsste sie ihm wieder und wieder die Füße und salbte sie mit dem Öl.

39 Als der Gastgeber sah, was da vorging und wer die Frau war, sagte er sich: »Das beweist, dass Jesus kein Prophet ist. Wäre er wirklich von Gott gesandt, dann wüsste er, was für eine Frau ihn da berührt. Eine Sünderin!«

40 Jesus wusste, was er dachte, und sagte zu dem Pharisäer: »Simon, ich habe dir etwas zu sagen.«

»Ja, Meister«, nickte Simon, »sprich nur.«

41 Darauf erzählte Jesus: »Ein Mann lieh zwei Leuten Geld – dem einen fünfhundert Denare* und dem anderen fünfzig.
42 Als keiner der beiden ihm das Geld zurückzahlen konnte, erließ er ihnen ihre Schulden. Wer von den beiden liebte ihn danach wohl mehr?«

43 Simon antwortete: »Ich nehme an, derjenige, dem er die größere Schuld erließ.«

»Das stimmt«, sagte Jesus.
44 Dann wandte er sich der Frau zu und sagte zu Simon: »Schau dir die Frau an, die da kniet.

7,35 O. *Doch Weisheit wird durch alle ihre Kinder bestätigt.* **7,37** Griech. *ein Alabastergefäß.*

Als ich dein Haus betrat, hast du mir kein Wasser angeboten,
um mir den Staub von den Füßen zu waschen; sie hat meine
Füße mit ihren Tränen gewaschen und mit ihrem Haar ge-
trocknet. 45 Du hast mir keinen Begrüßungskuss gegeben; sie
hat mir unaufhörlich die Füße geküsst, seit ich hereingekom-
men bin. 46 Du hast es versäumt, mir Gastfreundschaft zu er-
weisen und mir den Kopf mit Olivenöl zu salben; sie hat mei-
ne Füße mit kostbarem Salböl gesalbt. 47 Ich sage dir, ihre
Sünden – und es sind viele – sind ihr vergeben; deshalb hat
sie mir viel Liebe erwiesen. Ein Mensch jedoch, dem nur we-
nig vergeben wurde, zeigt nur wenig Liebe.« 48 Dann sagte
Jesus zu der Frau: »Deine Sünden sind dir vergeben.«

49 Die anderen Männer am Tisch sagten zueinander: »Für
wen hält sich dieser Mann, dass er Sünden vergibt?«

50 Und Jesus sagte zu der Frau: »Dein Glaube hat dich ge-
rettet; geh in Frieden.«

Frauen, die Jesus nachfolgten

8 Nicht lange danach zog Jesus durch die nahe gelegenen
Orte und Dörfer, um die Botschaft vom Reich Gottes zu
verkünden. Er nahm seine zwölf Jünger mit, 2 und einige
Frauen, die er geheilt und von bösen Geistern befreit hatte.
Dazu gehörten Maria Magdalena, aus der er sieben Dämo-
nen ausgetrieben hatte, 3 Johanna, die Frau von Chuza, dem
Verwalter von Herodes, Susanna und viele andere, die Jesus
und seine Jünger durch das, was sie hatten, unterstützten.

7,41 Ein Denar entsprach einem vollen Tagelohn.

Das Gleichnis vom Bauern, der die Saat ausbringt

4Eines Tages kam eine große Menschenmenge aus vielen
Städten zusammen, um Jesus zu hören. Er erzählte ihnen
folgendes Gleichnis: 5»Ein Bauer ging aufs Feld, um zu
säen. Als er die Saat auf seinem Feld ausstreute, fielen eini-
ge Samenkörner auf einen Weg, wo sie zertreten wurden,
und die Vögel kamen und pickten sie auf. 6Andere Körner
fielen auf eine dünne Erdkruste mit felsigem Untergrund.
Diese Saat ging zwar auf, verdorrte aber, weil Feuchtigkeit
fehlte. 7Andere Samenkörner fielen in die Dornen, die
schnell wuchsen und die zarten Halme erstickten. 8Wieder
andere fielen auf fruchtbaren Boden. Diese Samenkörner
wuchsen heran und brachten eine hundertfache Ernte.«
Nach diesen Worten rief er: »Wer hören will, der soll zuhö-
ren und begreifen!«

9Seine Jünger fragten ihn, was das Gleichnis zu bedeuten
habe. 10Er entgegnete: »Euch ist es erlaubt, die Geheimnisse
des Reiches Gottes zu wissen. Allen anderen aber werden sie
in Gleichnissen verborgen erzählt, damit sich erfüllt, was in
der Schrift steht:

›Sie sehen, was ich tue, aber sie nehmen es nicht wirklich
wahr; sie hören, was ich sage, aber sie verstehen es nicht.‹*

11Das Gleichnis hat folgende Bedeutung: Die Samenkör-
ner sind Gottes Botschaft. 12Der Same, der auf den festge-
tretenen Weg fiel, steht für Menschen, die die Botschaft
zwar hören, aber dann kommt der Teufel, raubt sie ihnen
wieder und verhindert, dass sie glauben und gerettet wer-
den. 13Mit dem felsigen Boden sind jene gemeint, die die
Botschaft freudig aufnehmen. Aber wie bei jungen Pflanzen
in einem solchen Boden reichen ihre Wurzeln nicht sehr

8,10 Jesaja 6,9.

tief. Eine Weile glauben sie zwar, aber wenn Schwierigkei-
ten kommen, wenden sie sich ab. 14Der von Dornen bewach-
sene Boden meint Menschen, die Gottes Wort zwar hören
und annehmen, sich aber durch die Verpflichtungen, den
Reichtum und die Zerstreuungen des Lebens schon bald
wieder davon ablenken lassen. Auf diese Weise gelangt
nichts zur Reife. 15Der gute Boden dagegen steht für verläss-
liche, aufrichtige Menschen, die Gottes Botschaft hören, an
ihr festhalten und durch ihre Beständigkeit viel Frucht her-
vorbringen.

Das Gleichnis von der Lampe

16Niemand würde eine Lampe anzünden und dann etwas da-
rüber stülpen oder sie unters Bett stellen. Nein, Lampen
werden da aufgestellt, wo jeder, der hereinkommt, sie sehen
kann. 17Denn alles, was verborgen oder geheim ist, wird ir-
gendwann ans Licht gebracht werden, sodass alle es sehen
können. 18Deshalb achtet auf das, was ihr hört. Dem Men-
schen, der für meine Worte offen ist, wird eine noch tiefere
Einsicht geschenkt werden.* Doch dem, der nicht zuhört,
wird auch das genommen werden, was er zu haben glaubt.«

Die wahre Familie von Jesus

19Einmal wollten die Mutter von Jesus und seine Brüder ihn
besuchen, doch sie konnten wegen der vielen Menschen
nicht zu ihm durchdringen. 20Jemand sagte zu Jesus: »Deine
Mutter und deine Brüder sind draußen und möchten dich
sehen.«

21Jesus erwiderte: »Alle, die die Botschaft Gottes hören
und sich nach ihr richten, sind meine Mutter und meine
Brüder.«

8,18 Griech. *Wer hat, dem wird gegeben werden.*

Jesus stillt den Sturm

[22]Eines Tages sagte Jesus zu seinen Jüngern: »Lasst uns auf
die andere Seite des Sees fahren.« Sie stiegen also in ein
Boot und stießen vom Ufer ab. [23]Unterwegs legte Jesus sich
schlafen, doch während er schlief, kam Wind auf. Der Wind
steigerte sich zum Sturm, sodass ihr Boot voll Wasser zu
laufen drohte und sie ernsthaft in Gefahr gerieten.

[24]Schließlich weckten die Jünger Jesus und riefen: »Meis-
ter, Meister, wir kommen um!«

Jesus stand auf und drohte dem Wind und den stürmi-
schen Wellen. Plötzlich legte sich der Sturm, und alles war
still! [25]Und er fragte sie: »Wo ist euer Glaube?«

Voll Furcht und Staunen sagten sie zueinander: »Wer ist dieser Mann, dass ihm sogar Wind und Wellen gehorchen?«

Jesus heilt einen von Dämonen besessenen Mann

[26]So kamen sie ins Gebiet der Gerasener* auf der anderen
Seite vom See Genezareth. [27]Als Jesus aus dem Boot stieg,
lief ihm ein Mann entgegen, der von Dämonen besessen
war. Nackt und ohne Obdach fristete er sein Dasein schon
seit langer Zeit in den Grabhöhlen. [28]Als er Jesus sah, warf er
sich mit einem schrillen Schrei vor ihm auf den Boden und
rief laut: »Warum bedrängst du mich, Jesus, Sohn des
höchsten Gottes? Ich flehe dich an, quäle mich nicht!«
[29]Denn Jesus hatte dem bösen Geist schon geboten, aus dem
Mann auszufahren. Schon seit langem hatte der Dämon den
Mann völlig in seiner Gewalt. Auch wenn man ihn in Ketten
legte, riss er sich los und wurde von dem bösen Geist in die
Wildnis gehetzt.

[30]»Wie heißt du?«, fragte Jesus.

8,26 In manchen Handschriften heißt es *Gadarener* oder *Gergesener*; s. Matthäus u. Markus 5,1.

»Legion«, antwortete er – denn der Mann war von zahl-
reichen Dämonen besessen. [31]Diese flehten Jesus an, sie
nicht in den Abgrund zu schicken. [32]Auf den umliegenden
Hügeln weidete eine riesige Schweineherde. Die Dämonen
baten Jesus, sie in die Schweine fahren zu lassen. Jesus ge-
stattete es ihnen. [33]Da fuhren die Dämonen aus dem Mann
in die Schweine, und die ganze Herde stürzte den Abhang
hinunter in den See und ertrank.

[34]Als die Hirten das sahen, flohen sie in den nahe gelege-
nen Ort und in das Hügelland der Umgebung und verbrei-
teten die Neuigkeit überall. [35]Bald war Jesus von Menschen
umringt, die selbst sehen wollten, was geschehen war. Als sie
den Mann, der von Dämonen besessen gewesen war, be-
kleidet und völlig bei Verstand friedlich zu Füßen von Jesus
sitzen sahen, überkam sie Furcht. [36]Diejenigen, die alles mit
eigenen Augen gesehen hatten, erzählten ihnen, wie der
Besessene geheilt worden war. [37]Da drängten sie Jesus, zu
gehen und sie in Ruhe zu lassen, so groß war ihre Angst.

Jesus stieg daraufhin wieder in das Boot und fuhr zurück
auf die andere Seite des Sees. [38]Der Mann, der von Dämo-
nen besessen gewesen war, wollte unbedingt mit ihm gehen,
doch Jesus sagte zu ihm: [39]»Nein, geh zu deiner Familie zu-
rück und erzähle ihnen von dem Wunderbaren, das Gott für
dich getan hat.« Da ging er durch die ganze Stadt und er-
zählte, was Jesus für ihn getan hatte.

Jesus heilt aufgrund Glaubens

[40]Am anderen Ufer hatten die Menschen schon auf Jesus ge-
wartet und empfingen ihn begeistert. [41]Ein Mann namens
Jaïrus, einer der Vorsteher der örtlichen Synagoge, kam zu
Jesus, warf sich ihm zu Füßen und bat ihn, mit in sein Haus
zu kommen. [42]Sein einziges Kind, ein zwölfjähriges Mäd-
chen, lag im Sterben.

Jesus machte sich mit ihm auf den Weg, umringt von einer
großen Menschenmenge. [43]Inmitten der dicht gedrängten
Menge befand sich auch eine Frau, die seit zwölf Jahren an
Blutungen litt. Sie hatte ihr ganzes Vermögen für Ärzte aus-
gegeben* und war dennoch nicht geheilt worden. [44]Nun nä-
herte sie sich Jesus von hinten und berührte den Saum seines
Gewandes. Augenblicklich hörte die Blutung auf.

[45]»Wer hat mich berührt?«, fragte Jesus.

Alle stritten ab, ihn berührt zu haben, und Petrus meinte:
»Meister, hier sind doch so viele Menschen!«

[46]Doch Jesus sagte: »Nein, jemand hat mich absichtlich be-
rührt. Ich habe gespürt, dass eine heilende Kraft von mir aus-
ging.« [47]Als die Frau sah, dass Jesus etwas gemerkt hatte, warf
sie sich zitternd vor Angst vor ihm auf die Knie. Alle hörten zu,
als sie erklärte, warum sie ihn berührt hatte und dass sie augen-
blicklich gesund geworden war. [48]»Tochter«, sagte Jesus zu ihr,
»dein Glaube hat dich gesund gemacht*. Geh in Frieden.«

[49]Noch während er mit ihr sprach, kam ein Bote aus dem
Haus des Jaïrus mit der Nachricht: »Deine Tochter ist ge-
storben. Du brauchst den Meister nicht mehr zu bemühen.«

[50]Doch als Jesus das hörte, sagte er zu Jaïrus: »Hab keine
Angst. Vertrau mir, und sie wird gerettet werden.«

[51]Als sie zum Haus des Vorstehers kamen, nahm Jesus nur
Petrus, Jakobus, Johannes, den Vater und die Mutter des
Mädchens mit hinein. [52]Das ganze Haus war voller Leute,
die weinten und klagten, aber er sagte: »Hört auf zu weinen!
Sie ist nicht tot; sie schläft nur.«

[53]Doch die Menge lachte ihn aus, denn alle wussten, dass sie
gestorben war. [54]Da nahm Jesus das Mädchen bei der Hand

8,43 In einigen Handschriften fehlt die Wendung *Sie hatte ihr ganzes Vermögen für Ärzte ausgegeben.* **8,48** Griech. *gerettet.*

und sagte mit lauter Stimme: »Steh auf, mein Kind!« [55]Im
gleichen Augenblick kehrte das Leben in sie zurück, und sie
stand auf! Jesus wies die anderen an, ihr etwas zu essen zu ge-
ben. [56]Ihre Eltern waren außer sich vor Freude, doch Jesus ge-
bot ihnen, niemandem zu erzählen, was geschehen war.

Die Aussendung der zwölf Apostel

9 Eines Tages rief Jesus seine zwölf Apostel zu sich und
gab ihnen Vollmacht, Dämonen auszutreiben und
Krankheiten zu heilen. [2]Dann sandte er sie mit dem Auftrag
aus, allen Menschen vom Kommen des Reiches Gottes zu
erzählen und die Kranken gesund zu machen. [3]»Nehmt kei-
nen Wanderstab mit«, wies er sie an, »und auch kein Ge-
päck, keine Verpflegung und kein Geld, ja nicht einmal ein
zweites Hemd. [4]Wenn ihr in eine Ortschaft kommt, seid nur
in einem einzigen Haus zu Gast. [5]Wenn die Einwohner eure
Botschaft nicht hören wollen, dann schüttelt beim Fortge-
hen den Staub von euren Füßen als Zeichen, dass ihr diesen
Ort dem Gericht überlasst.«

[6]So begannen sie durch die Dörfer in der Umgebung zu
ziehen, verkündeten die gute Botschaft und heilten die
Kranken.

Herodes fragt nach Jesus

[7]Als Herodes Antipas* von den Wundern hörte, die Jesus
vollbrachte, war er beunruhigt und verunsichert zugleich,

9,7 Griech. *der Tetrarch Herodes.* Er war ein Sohn von König Herodes und herrschte über einen der vier Regierungsbezirke in Palästina.

denn manche Leute meinten: »Er ist Johannes der Täufer,
der von den Toten auferstanden ist.« 8 Andere sagten: »Es ist
Elia oder ein anderer Prophet, der von den Toten auferstan-
den ist.«
9 »Ich selbst habe Johannes enthaupten lassen«, sagte He-
rodes. »Wer ist dann dieser Mann, von dem ich all diese
seltsamen Geschichten höre?«, und er wollte ihn gern ken-
nen lernen.

Die Speisung der Fünftausend

10 Als die Apostel zurückkehrten, berichteten sie Jesus über
alles, was sie getan hatten. Danach zog er sich mit ihnen in
die Nähe der Stadt Betsaida zurück. 11 Doch die Leute fan-
den heraus, wohin er gegangen war, und folgten ihm. Da
wandte er sich ihnen zu, erzählte ihnen vom Reich Gottes
und heilte die Kranken unter ihnen. 12 Am späten Nachmit-
tag kamen die zwölf Jünger zu ihm und sagten: »Schick die
Leute fort in die nahe gelegenen Dörfer und Höfe, dann
können sie etwas zu essen und eine Unterkunft für die
Nacht finden. Denn hier, in dieser verlassenen Gegend,
gibt es nichts zu essen.«
13 Doch Jesus sagte: »Gebt ihr ihnen zu essen.«
»Unmöglich!«, protestierten sie. »Wir haben nur fünf
Brote und zwei Fische. Oder erwartest du von uns, dass wir
gehen und für diese vielen Menschen Essen kaufen?« 14 Es
waren etwa fünftausend Männer.
»Sie sollen sich in Gruppen zu je fünfzig niederlassen«,
erwiderte Jesus. 15 Da setzten sie sich alle hin. 16 Jesus nahm
die fünf Brote und die beiden Fische, blickte zum Himmel
auf und erbat Gottes Segen für das Essen. Dann brach er die
Brote in Stücke und reichte sie den Jüngern, damit sie alles
an die Leute austeilten. 17 Alle aßen, so viel sie wollten, und
am Schluss sammelten sie noch zwölf Körbe mit Resten ein!

Das Bekenntnis des Petrus

[18]Als Jesus eines Tages allein war, fragte er sie: »Für wen hal-
ten die Leute mich?«
[19]»Nun«, erwiderten sie, »manche sagen, du seist Johannes
der Täufer, andere halten dich für Elia und wieder andere
behaupten, du seist einer der alten Propheten, der von den
Toten auferstanden ist.«
[20]Da fragte er sie: »Und für wen haltet ihr mich?«
Petrus erwiderte: »Du bist der von Gott gesandte Chris-
tus!«

Jesus kündigt seinen Tod an

[21]Jesus schärfte ihnen ein, es niemandem zu sagen. [22]»Denn
der Menschensohn muss viel Schlimmes erleiden«, sagte er.
»Er wird von den führenden Männern des jüdischen Volkes,
den obersten Priestern und den Schriftgelehrten verurteilt
werden. Sie werden ihn töten, doch drei Tage später wird er
von den Toten auferstehen.«
[23]Dann sagte er zu der Menge: »Wenn einer von euch mit
mir gehen will, muss er sich selbst verleugnen, jeden Tag
aufs Neue sein Kreuz auf sich nehmen und mir nachfolgen.
[24]Wer versucht, sein Leben zu retten, wird es verlieren. Aber
wer sein Leben für mich aufgibt, wird es retten. [25]Was nützt
es, die ganze Welt zu gewinnen, aber dabei an der eigenen
Seele Schaden zu nehmen oder sie zu verlieren*? [26]Wer sich
meiner oder meiner Botschaft schämt, dessen wird sich der
Menschensohn auch schämen, wenn er in seiner Herrlich-
keit und in der Herrlichkeit seines Vaters und der heiligen
Engel wiederkommt. [27]Und ich sage euch: Einige von de-

9,25 Wörtlich … *aber dabei sich selbst verliert oder schweren Schaden erleidet?*

nen, die jetzt hier stehen, werden nicht sterben, ehe sie das
Reich Gottes gesehen haben.«

Die Verklärung

28Etwa acht Tage später nahm Jesus Petrus, Jakobus und Jo-
hannes mit auf einen Berg, um zu beten. 29Während er bete-
te, veränderte sich das Aussehen seines Gesichts, und seine
Kleider wurden strahlend weiß. 30Dann erschienen zwei
Männer, Mose und Elia, und begannen mit Jesus zu spre-
chen. 31Auch sie waren von herrlichem Glanz umgeben. Sie
sprachen darüber, wie er bald in Jerusalem sterben würde,
um damit seinen Auftrag zu erfüllen.

32Petrus und die anderen Jünger waren sehr müde gewe-
sen und eingeschlafen. Nun wachten sie auf und sahen den
strahlenden Anblick von Jesus und den beiden Männern, die
neben ihm standen. 33Als Mose und Elia sie verlassen woll-
ten, rief Petrus schnell – und ohne zu wissen, was er sagte:
»Meister, wie wunderbar ist das! Lass uns drei Hütten* bau-
en – eine für dich, eine für Mose und eine für Elia.« 34Doch
er hatte kaum ausgeredet, da zog eine Wolke auf; und als die
Wolke sie einhüllte, hatten sie große Angst.

35Aus der Wolke drang eine Stimme: »Dies ist mein Sohn,
mein Auserwählter.* Hört auf ihn.« 36Als die Stimme ver-
hallt war, stand Jesus wieder allein da. Lange Zeit erzählten
sie niemandem, was sie gesehen hatten.

Jesus heilt einen besessenen Jungen

37Am nächsten Tag, als sie wieder vom Berg herabgestiegen
waren, strömten die Menschen zu Jesus. 38Ein Mann in der

9,33 Griech. *Tabernakel.* **9,35** In manchen Handschriften heißt es *Dies ist mein geliebter Sohn.*

Menge rief ihm zu: »Meister, sieh meinen Sohn an, mein
einziges Kind. 39Ein böser Geist ergreift immer wieder von
ihm Besitz. Dann schreit er, stürzt zu Boden, windet sich und
hat Schaum vor dem Mund. Ständig schlägt und verletzt er
ihn und lässt ihm keine Ruhe. 40Ich habe deine Jünger gebe-
ten, den Geist auszutreiben, aber sie konnten es nicht.«
41»Ihr uneinsichtigen, ungläubigen Menschen«, sagte Je-
sus, »wie lange muss ich denn noch bei euch sein und euch
ertragen? Bringt ihn her.« 42Als der Junge nach vorn kam,
warf der Dämon ihn zu Boden, sodass er sich heftig wand
und krümmte. Aber Jesus bedrohte den bösen Geist und
heilte den Jungen. Dann schickte er ihn zu seinem Vater zu-
rück. 43Die Leute wurden von Angst und Ehrfurcht ergrif-
fen, als sie dieses sichtbare Wirken der Macht Gottes sahen.

Jesus kündigt erneut seinen Tod an

Während die Menschen noch über die Wunder staunten, die
er tat, sagte Jesus zu seinen Jüngern: 44»Hört mir zu und denkt
an das, was ich euch jetzt sage. Der Menschensohn wird in die
Hände der Menschen gegeben und verraten werden.« 45Doch
sie begriffen nicht, was er damit meinte. Die Bedeutung sei-
ner Worte blieb ihnen verborgen, sodass sie sie nicht verste-
hen konnten, und sie wagten nicht, ihn danach zu fragen.

Der Größte im Reich Gottes

46Einmal kam es unter den Jüngern zu einem Streit darüber,
wer von ihnen der Größte sei. 47Jesus wusste, was sie dach-
ten. Er stellte ein kleines Kind neben sich 48und sagte zu ih-
nen: »Jeder, der ein solches Kind um meinetwillen auf-
nimmt, der nimmt mich auf, und wer mich aufnimmt,
nimmt meinen Vater auf, der mich gesandt hat. Wer der Ge-
ringste unter euch ist, der ist der Größte.«

Im Namen von Jesus Wunder tun

[49]Johannes sagte zu Jesus: »Meister, wir haben gesehen, wie einer in deinem Namen Dämonen austrieb, und haben versucht, ihn daran zu hindern, weil er nicht zu uns gehört.«

[50]Doch Jesus entgegnete ihm: »Hindert ihn nicht! Wer nicht gegen euch ist, ist für euch.«

Widerstand von den Samaritern

[51]Als die Zeit seiner Rückkehr in den Himmel näher kam,
machte Jesus sich auf den Weg nach Jerusalem. [52]Er schickte
Boten voraus in ein Dorf in Samarien, um seine Ankunft vor-
zubereiten. [53]Doch sie wurden abgewiesen. Weil Jesus auf
dem Weg nach Jerusalem war, wollten sie ihn nicht aufneh-
men. [54]Als Jakobus und Johannes das hörten, sagten sie zu Je-
sus: »Herr, sollen wir Feuer vom Himmel regnen lassen und
sie verbrennen*?« [55]Doch Jesus drehte sich um und wies sie
zurecht.* [56]Dann zogen sie weiter in ein anderes Dorf.

Der Preis der Nachfolge

[57]Unterwegs sagte einer der Jünger zu Jesus: »Ich will mit dir gehen, wohin du auch gehst.«

[58]Aber Jesus hielt ihm entgegen: »Füchse haben ihren Bau und Vögel haben Nester, doch der Menschensohn hat keinen Ort, an dem er sich ausruhen kann.«

[59]Zu einem anderen sagte er: »Komm, folge mir nach.«

Dieser jedoch antwortete: »Herr, lass mich zuerst noch nach Hause gehen und meinen Vater begraben.«

9,54 Einige Handschriften fügen hinzu *wie Elia es tat.* **9,55** Einige Handschriften fügen hinzu *Und er sagte: »Ihr merkt gar nicht, was für Herzen ihr habt. [56]Denn der Menschensohn ist nicht gekommen, um das Leben der Menschen zu vernichten, sondern um sie zu retten.«*

[60]Jesus erwiderte: »Lass die Menschen, die nicht nach
Gott fragen, für ihre Toten sorgen.* Deine Aufgabe ist es
hinzugehen und das Kommen des Reiches Gottes zu verkündigen.«

[61]Ein anderer sagte: »Ja, Herr, ich will mit dir gehen, aber
lass mich zuerst noch von meiner Familie Abschied nehmen.«

[62]Doch Jesus sagte: »Wer eine Hand an den Pflug legt und
dann zurückschaut, ist nicht geeignet für das Reich Gottes.«

Jesus sendet seine Jünger aus

10 Daraufhin wählte der Herr zweiundsiebzig* andere
Jünger aus und schickte sie zu zweit voraus in alle
Städte und Dörfer, die er aufsuchen wollte. [2]Er gab ihnen
folgende Anweisungen: »Die Ernte ist groß, doch die Zahl
der Arbeiter ist klein. Betet zum Herrn, der für die Ernte
zuständig ist, und bittet ihn, mehr Arbeiter auf seine Felder
zu schicken. [3]Nun geht und denkt daran, dass ich euch wie
Lämmer unter die Wölfe schicke. [4]Nehmt kein Geld mit,
auch kein Gepäck, ja nicht einmal ein zweites Paar Sandalen. Und haltet euch unterwegs nicht auf, um jemanden zu
grüßen.

[5]Wann immer ihr ein Haus betretet, segnet es. [6]Wenn seine Bewohner des Segens würdig sind, wird er bei ihnen bleiben; wenn sie es nicht sind, wird der Segen zu euch zurückkehren. [7]Wenn ihr in eine Stadt kommt, zieht nicht von

9,60 Griech. *Lass die Toten ihre eigenen Toten begraben.*
10,1 In einigen Handschriften steht *siebzig;* so auch in 10,17.

Haus zu Haus. Bleibt an einem Ort und esst und trinkt, was
man euch anbietet. Zögert nicht, Gastfreundschaft anzu-
nehmen, denn wer arbeitet, hat auch Lohn verdient.

8 Wenn eine Stadt euch willkommen heißt, dann esst, was
euch vorgesetzt wird, 9 heilt die Kranken und sagt dabei:
›Das Reich Gottes ist nahe bei euch.‹ 10 Doch wenn eine
Stadt euch nicht willkommen heißen will, dann geht hinaus
auf die Straße und sagt: 11 ›Wir schütteln als Zeichen eures
Verderbens den Staub eurer Stadt von unseren Füßen. Ver-
gesst nicht, dass das Reich Gottes nahe ist!‹ 12 Ich sage euch,
selbst der Stadt Sodom wird es am Tag des Gerichts noch
besser ergehen als einer solchen Stadt.

13 Welche Schrecken erwarten euch, Chorazin und Betsai-
da! Denn wenn die Wunder, die ich bei euch getan habe, in
Tyrus und Sidon geschehen wären, hätten ihre Einwohner
schon längst ihre Schuld bekannt und sich zum Zeichen ih-
rer Reue in Säcke gehüllt und Asche auf ihre Häupter ge-
streut. 14 Ja, Tyrus und Sidon werden am Tag des Gerichts
immer noch besser dastehen als ihr. 15 Und ihr Bewohner von
Kapernaum, ob ihr wohl an diesem Tag in den Himmel
gehoben werdet? Ganz sicher nicht. Ihr werdet vielmehr
hinunter ins Reich der Toten* geworfen.«

16 Dann sagte er zu den Jüngern: »Wer eure Botschaft an-
nimmt, nimmt auch mich an. Wer euch jedoch ablehnt,
lehnt auch mich ab. Und wer mich ablehnt, lehnt Gott ab,
der mich gesandt hat.«

17 Als die zweiundsiebzig Jünger zurückkehrten, berichte-
ten sie ihm voller Freude: »Herr, sogar die Dämonen ge-
horchen uns, wenn wir sie in deinem Namen austreiben!«

10,15 Griech. *in den Hades.*

[18]»Ja«, erklärte er ihnen, »ich sah Satan wie einen Blitz
vom Himmel fallen! [19]Ich habe euch Vollmacht über den
Feind gegeben; ihr könnt unter Schlangen und Skorpionen
umhergehen und sie zertreten. Nichts und niemand wird
euch etwas anhaben können. [20]Aber freut euch nicht darü-
ber, dass böse Geister euch gehorchen, sondern freut euch,
dass eure Namen im Himmel aufgeschrieben sind.«

Jesus spricht ein Dankgebet

[21]Dann wurde Jesus von der Freude des Heiligen Geistes er-
füllt und sagte: »Vater, Herr des Himmels und der Erde, ich
danke dir, dass du die Wahrheit vor denen verbirgst, die sich
selbst für so klug und weise halten. Ich danke dir, dass du sie
stattdessen denen enthüllst, die ein kindliches Gemüt ha-
ben. Ja, Vater, so wolltest du es.

[22]Mein Vater hat mir Vollmacht über alles gegeben. Nie-
mand außer dem Vater kennt den Sohn wirklich, und nie-
mand kennt den Vater außer dem Sohn und jenen, denen
der Sohn den Vater offenbaren will.«

[23]Als sie allein waren, wandte er sich an die Jünger und sag-
te: »Eure Augen sind gesegnet, weil sie sehen, was ihr seht.
[24]Ich sage euch: Propheten und Könige haben sich danach ge-
sehnt, zu sehen und zu hören, was ihr gesehen und gehört
habt, aber sie konnten es nicht.«

Das wichtigste Gebot

[25]Ein Mann, der sich im Gesetz Moses besonders gut aus-
kannte, stand eines Tages auf, um Jesus mit folgender Frage
auf die Probe zu stellen: »Meister, was muss ich tun, um das
ewige Leben zu bekommen?«

[26]Jesus erwiderte: »Was steht darüber im Gesetz Moses?
Was liest du dort?«

[27]Der Mann antwortete: »›Du sollst den Herrn, deinen
Gott, von ganzem Herzen, von ganzer Seele, mit deiner
ganzen Kraft und all deinen Gedanken lieben.‹ Und: ›Liebe
deinen Nächsten wie dich selbst.‹«*

[28]»Richtig!«, bestätigte Jesus. »Tu das, und du wirst leben!«

[29]Der Mann wollte sich rechtfertigen; deshalb fragte er Jesus: »Und wer ist mein Nächster?«

Das Gleichnis vom barmherzigen Samariter

[30]Jesus antwortete: »Ein Mann befand sich auf der Straße von Jerusalem nach Jericho, als er von Räubern überfallen wurde. Sie raubten ihm seine Kleider und sein Geld, verprügelten ihn und ließen ihn halb tot am Straßenrand liegen.

[31]Zufällig kam ein jüdischer Priester vorbei. Doch als er
den Mann dort liegen sah, wechselte er auf die andere Straßenseite und ging vorüber. [32]Dann kam ein Tempeldiener*
und sah ihn ebenfalls dort liegen; doch auch er ging auf der anderen Straßenseite vorüber.

[33]Schließlich näherte sich ein Samariter. Als er den Mann
sah, empfand er tiefes Mitleid mit ihm. [34]Er kniete sich neben ihn, behandelte seine Wunden mit Öl und Wein und verband sie. Dann hob er den Mann auf seinen eigenen Esel und brachte ihn zu einem Gasthaus, wo er ihn versorgte.
[35]Am nächsten Tag gab er dem Wirt zwei Denare* und bat ihn, gut für den Mann zu sorgen. ›Sollte das Geld nicht ausreichen‹, sagte er, ›dann werde ich dir den Rest bezahlen, wenn ich das nächste Mal herkomme.‹

10,27 5. Mose 6,5; 3. Mose 19,18. **10,32** Griech. *ein Levit.*
10,35 Ein Denar entsprach etwa einem vollen Tagelohn.

36Wer von den dreien war nun deiner Meinung nach der
Nächste für den Mann, der von Räubern überfallen wur-
de?«, fragte Jesus.
37Der Mann erwiderte: »Der, der Mitleid hatte und ihm
half.«
Jesus antwortete: »Ja. Nun geh und mach es genauso.«

Jesus besucht Marta und Maria

38Auf ihrem Weg nach Jerusalem kamen Jesus und die Jün-
ger auch in ein Dorf, in dem eine Frau mit Namen Marta sie
in ihr Haus einlud. 39Ihre Schwester Maria saß Jesus zu Fü-
ßen und hörte ihm aufmerksam zu. 40Marta dagegen mühte
sich mit der Bewirtung der Gäste. Sie kam zu Jesus und sag-
te: »Herr, ist es nicht ungerecht, dass meine Schwester hier
sitzt, während ich die ganze Arbeit tue? Sag ihr, sie soll kom-
men und mir helfen.«
41Doch der Herr sagte zu ihr: »Meine liebe Marta, du
sorgst dich um so viele Kleinigkeiten! 42Im Grunde ist doch
nur eines wirklich wichtig. Maria hat erkannt, was das ist –
und ich werde es ihr nicht nehmen.«

Jesus lehrt beten

11 Einmal hatte Jesus Halt gemacht, um zu beten. Als er auf-
gehört hatte zu beten, kam einer seiner Jünger zu ihm und
bat: »Herr, lehre uns beten, so wie Johannes es seine Jünger ge-
lehrt hat.«

11,2-4 In manchen Handschriften finden sich weitere Teile des Vaterunsers; vgl. Matthäus 6,9-13.

[2]Jesus antwortete: »Wenn ihr betet, dann sprecht: ›Vater,
dein Name werde geehrt. Dein Reich komme bald.
[3]Gib uns jeden Tag die Nahrung, die wir brauchen.
[4]Und vergib uns unsere Schuld – so wie auch wir denen
vergeben, die an uns schuldig geworden sind.
Und lass nicht zu, dass wir der Versuchung nachgeben.*«
[5]Er sagte ihnen noch mehr über das Beten und erzählte
ihnen folgendes Beispiel: »Angenommen, ihr geht um Mit-
ternacht zum Haus eines Freundes, um ihn um drei Brote zu
bitten. Ihr erklärt ihm: [6]›Ein Freund von mir ist unerwartet
zu Besuch gekommen, und ich habe nichts zu essen im
Haus.‹ [7]Doch er ruft euch aus dem Schlafzimmer zu: ›Lass
mich in Ruhe. Die Tür ist schon für die Nacht verriegelt,
und wir liegen alle im Bett. Um diese Zeit kann ich dir nicht
mehr helfen.‹ [8]Ich sage euch eins: Wenn er euch auch nicht
aus Freundschaft helfen will, wird er doch am Ende aufste-
hen und euch geben, was ihr braucht, um seinem guten Ruf
nicht zu schaden* – wenn ihr nur beharrlich genug klopft.
[9]Deshalb sage ich euch: Bittet, und ihr werdet erhalten.
Sucht, und ihr werdet finden. Klopft an, und die Tür wird
euch geöffnet werden. [10]Denn wer bittet, wird erhalten. Wer
sucht, wird finden. Und die Tür wird jedem geöffnet, der
anklopft.
[11]Gibt es einen Vater, der seinem Kind eine Schlange hin-
hält, wenn es um einen Fisch bittet? [12]Oder wenn es um ein Ei
bittet, reicht er ihm dann einen Skorpion? Natürlich nicht!
[13]Wenn aber selbst ihr sündigen Menschen wisst, wie ihr euren
Kindern Gutes tun könnt, wie viel eher wird euer Vater im
Himmel denen, die ihn bitten, den Heiligen Geist schenken.«

11,8 Griech. *um der Schande zu entgehen oder wegen [eurer] Beharrlichkeit.*

Jesus und der Oberste der Dämonen

14 Eines Tages trieb Jesus einen Dämon aus einem Mann aus,
der stumm war, und der Mann konnte daraufhin wieder
sprechen. Die Menschen staunten, 15 doch ein paar von ih-
nen sagten: »Kein Wunder, dass er Dämonen austreiben
kann. Er hat seine Macht von Satan*, dem Obersten der Dä-
monen!« 16 Andere wollten Jesus auf die Probe stellen, indem
sie ein Zeichen vom Himmel verlangten, um zu sehen, ob er
wirklich von Gott kam.

17 Er wusste jedoch genau, was sie dachten, und sagte des-
halb: »Ein Königreich, das gegen sich selbst kämpft, ist dem
Untergang geweiht. Auch ein Haus, in dem Streit herrscht,
hat keinen Bestand. 18 Ihr behauptet, ich hätte meine Macht
vom Obersten der Dämonen. Doch wenn Satan gegen sich
selbst kämpft, indem er mir die Vollmacht verleiht, seine
Dämonen auszutreiben, wie kann seine Herrschaft dann
von Dauer sein? 19 Und wenn ich meine Macht vom Herr-
scher der Dämonen habe, was ist dann mit euren eigenen
Leuten? Auch sie treiben Dämonen aus – sie werden euch
nach euren eigenen Worten richten. 20 Wenn ich aber Dä-
monen austreibe durch die Macht Gottes, dann ist das Reich
Gottes zu euch gekommen. 21 Denn solange ein starker
Mann bewaffnet seinen Palast bewacht, ist sein Besitz sicher
– 22 bis ein Stärkerer angreift und ihn besiegt. Und der Stär-
kere nimmt ihm seine Waffen, auf die er vertraute, und ver-
teilt seinen Besitz.

23 Wer nicht für mich ist, ist gegen mich, und wer nicht
Hand in Hand mit mir arbeitet, arbeitet gegen mich*.

11,15 Griech. *Beelzebul;* so auch in 11,18.19. **11,23** Griech. *und wer nicht mit mir sammelt, der zerstreut.*

[24]Wenn ein böser Geist einen Menschen verlässt, geht er in die Wüste und sucht Ruhe. Wenn er sie jedoch nicht findet, sagt er sich: ›Ich will zu dem Menschen zurückkehren, aus dem ich ausgefahren bin.‹* [25]Und so kommt der Geist zurück und stellt fest, dass seine frühere Wohnung sorgfältig gefegt und gesäubert wurde. [26]Dann holt er sieben andere Geister, die noch schlimmer sind als er selbst, und sie alle ziehen dort ein. Dann ergeht es diesem Menschen noch schlimmer als zuvor.«

[27]Während er noch sprach, rief eine Frau in der Menge: »Gott segne deine Mutter, die dich zur Welt brachte und an ihren Brüsten nährte!«

[28]Er aber erwiderte: »Ja, aber gesegnet sind alle, die das Wort Gottes hören und danach leben.«

Das Zeichen Jonas

[29]Die Menge drängte sich um Jesus, und er sagte: »Es sind böse Zeiten, und diese verdorbene Generation verlangt ständig Wunder von mir. Doch das einzige Zeichen, das ihnen gegeben wird, ist das Zeichen des Propheten Jona. [30]Was mit ihm geschah, war für die Einwohner Ninives ein Zeichen. Was mit dem Menschensohn geschehen wird, wird das Zeichen für diese Generation sein.

[31]Die Königin von Saba* wird sich am Tag des Gerichts gegen euch erheben und euch verurteilen, denn sie kam aus einem fremden Land, um die Weisheiten König Salomos zu hören. Und nun ist einer bei euch, der weit größer ist als Salomo – doch ihr weigert euch, auf ihn zu hören.* [32]Und auch die Einwohner Ninives werden sich am Tag des Gerichts gegen euch erheben und euch verurteilen, denn sie haben auf Jonas Predigt hin Reue gezeigt. Und nun ist einer bei

11,24 Griech. *Ich will wieder in mein Haus zurückkehren, das ich verlassen habe.*

euch, der weit größer ist als Jona – doch ihr weigert euch zu bereuen.

Das Licht annehmen

[33]Niemand zündet eine Lampe an und versteckt sie dann in
einem verborgenen Winkel oder stellt sie unter ein umge-
stülptes Gefäß. Sie wird vielmehr auf einen Ständer gestellt,
damit sie allen Licht gibt, die das Zimmer betreten. [34]Dein
Auge ist das Fenster deines Körpers. Ein klares Auge lässt das
Licht bis in deine Seele dringen, doch ein schlechtes Auge
sperrt das Licht aus und stürzt dich in Dunkelheit. [35]Achte
darauf, dass das Licht, das du hast, nicht Dunkelheit ist.
[36]Wenn du vom Licht erfüllt bist und keine Bereiche mehr
dunkel in dir sind, dann wird dein ganzes Leben leuchten, als
würde ein strahlendes Licht auf dich scheinen.«

Jesus kritisiert die jüdischen Religionsführer

[37]Während Jesus noch sprach, lud einer der Pharisäer ihn zu
sich zum Essen ein. Er ging mit ihm und ließ sich zum Es-
sen nieder. [38]Sein Gastgeber wunderte sich, dass er Platz
nahm, ohne zuvor die vorgeschriebene Waschung zu voll-
ziehen. [39]Daraufhin sagte Jesus zu ihm: »Ihr Pharisäer ach-
tet peinlich genau darauf, Becher und Teller äußerlich zu
säubern, doch innerlich seid ihr alles andere als rein, son-
dern voller Habgier und Bosheit! [40]Wie dumm von euch!
Hat Gott nicht das Äußere und das Innere geschaffen?
[41]Deshalb gebt den Bedürftigen, was ihr in eurer Habgier
zusammenrafft, und ihr werdet in allem rein sein.

11,31a Griech. *die Königin des Südens.* **11,31b** Im Griech. fehlt die Wendung *doch ihr weigert euch, auf ihn zu hören;* so auch in 11,32 *doch ihr weigert euch zu bereuen.*

[42]Doch es wird euch Pharisäern schlimm ergehen! Denn
ihr gebt zwar den vorgeschriebenen zehnten Teil noch vom
kleinsten Anteil eurer Einkünfte*, doch die Gerechtigkeit
und die Liebe Gottes vergesst ihr. Ihr sollt den zehnten Teil
geben, das ist richtig, aber ihr dürft die wichtigeren Dinge
dabei nicht außer Acht lassen.
[43]Schlimm wird es euch Pharisäern ergehen! Denn ihr
liebt die Ehrenplätze in den Synagogen und die Ehrerbie-
tung der Menschen, wenn ihr über den Markt spaziert! [44]Ja,
es wird euch schlimm ergehen. Denn ihr seid wie verborge-
ne Gräber auf einem Feld. Die Menschen gehen darüber
und ahnen nicht, welche Verwesung unter ihren Füßen be-
graben liegt.«
[45]»Meister«, sagte ein Mann, der sich besonders gut im
Gesetz Moses auskannte, »damit beleidigst du auch uns.«
[46]»Ja«, sagte Jesus, »auch euch, die ihr das Gesetzes so gut
kennt, wird es schlimm ergehen! Denn ihr ladet den Men-
schen unerfüllbare religiöse Forderungen auf, tut aber nicht
das Geringste, um ihnen diese Last zu erleichtern.
[47]Schlimm wird es euch ergehen! Ihr errichtet Grabmäler
für die Propheten, die eure Vorfahren vor langer Zeit umge-
bracht haben. [48]Ihr Mörder! Ihr bestätigt und erklärt für
richtig, was eure Vorfahren getan haben, ja ihr hättet genau-
so gehandelt. [49]Über euch hat Gott in seiner Weisheit ge-
sagt*: ›Ich werde ihnen Propheten und Apostel schicken,
und sie werden einige töten und die anderen verfolgen.‹
[50]Ihr, die Angehörigen dieser Generation, werdet für die
Ermordung aller Propheten Gottes seit der Erschaffung der

11,42 Griech. *den Zehnten von Minze, Raute und Gemüse.*
11,49 Griech. *Deshalb sagte die Weisheit Gottes.*

Welt zur Rechenschaft gezogen werden – 51 angefangen von
der Ermordung Abels bis zur Ermordung Secharjas, der
zwischen dem Altar und dem Heiligtum getötet wurde. Ja,
das alles wird euch zur Last gelegt werden.
52 Wie schlimm wird es euch, die ihr das Gesetz kennt, er-
gehen! Denn ihr versteckt den Schlüssel der Erkenntnis vor
den Menschen. Ihr kommt selbst nicht ins Reich Gottes und
hindert andere daran, hineinzukommen.«
53 Danach verließ Jesus das Haus. Aber von da an setzten
ihm die Pharisäer und Schriftgelehrten mit vielen Fragen zu
54 und versuchten, ihn zu einer Äußerung zu verleiten, die sie
gegen ihn verwenden konnten.

Warnung vor Heuchelei

12 Inzwischen drängten und schoben sich die Menschen
zu Tausenden. Jesus wandte sich an seine Jünger und
warnte sie: »Hütet euch vor dem Sauerteig der Pharisäer –
hütet euch vor ihrer Heuchelei. 2 Es kommt die Zeit, da wird
alles offenbar werden; alles, was jetzt noch geheim ist, wird
dann öffentlich bekannt gemacht werden. 3 Alles, was ihr im
Dunkeln gesagt habt, wird im Hellen zu hören sein, und was
ihr hinter verschlossenen Türen geflüstert habt, wird man
von den Dächern rufen, sodass alle es hören!
4 Meine Freunde, habt keine Angst vor denen, die euch tö-
ten wollen. Sie können nur den Körper töten; mehr können
sie euch nicht antun. 5 Aber ich sage euch, wen ihr wirklich
fürchten sollt: Fürchtet Gott, der die Macht hat, Menschen
zu töten und sie danach in die Hölle zu werfen.

6Was kosten fünf Spatzen? Vielleicht ein paar Pfennige?
Und doch vergisst Gott nicht einen Einzigen von ihnen.
7Und auch die Haare auf eurem Kopf sind alle gezählt. Habt
deshalb keine Angst, denn ihr seid ihm wertvoller als ein
ganzer Schwarm Spatzen.

8Und ich versichere euch: Wer sich hier auf der Erde zu mir
bekennt, zu dem wird sich der Menschensohn auch in der Ge-
genwart der Engel Gottes bekennen. 9Aber wer mich hier auf
der Erde verleugnet, der wird auch vor den Engeln Gottes ver-
leugnet werden. 10Dennoch kann dem, der schlecht über den
Menschensohn spricht, vergeben werden; aber dem, der gegen
den Heiligen Geist lästert, wird niemals vergeben werden.

11Und wenn man euch in den Synagogen und vor Herr-
schern und Beamten den Prozess machen wird, dann macht
euch keine Sorgen darüber, was ihr zu eurer Verteidigung
vorbringen sollt. 12Denn in diesem Moment wird der Heili-
ge Geist euch lehren, was ihr sagen sollt.«

Das Gleichnis vom reichen Bauern

13Da rief einer aus der Menge: »Meister, sag doch meinem
Bruder, dass er das väterliche Erbe mit mir teilen soll.«

14Jesus erwiderte: »Wer hat mich zum Richter über euch
gemacht, um in solchen Dingen zu entscheiden?« 15Und er
fuhr fort: »Nehmt euch in Acht! Begehrt nicht das, was ihr
nicht habt. Das wahre Leben wird nicht daran gemessen,
wie viel wir besitzen.«

16Und er gab ihnen folgendes Gleichnis: »Ein wohlhaben-
der Mann besaß einen großen Hof mit Äckern, die reiche
Ernten brachten, 17so viel, dass seine Scheunen die Erträge
nicht fassen konnten. 18Da sagte er sich: ›Ich weiß, was ich
mache! Ich werde meine Scheunen abreißen und größere
bauen. Auf diese Weise habe ich genug Platz, um alles zu la-
gern. 19Und dann werde ich mich zurücklehnen und mir sa-

gen: Mein Freund, du hast für Jahre genug eingelagert. Ge-
nieße das Leben. Iss, trink und sei fröhlich!‹
[20]Aber Gott sagte zu ihm: ›Wie dumm von dir! Du wirst
noch heute Nacht sterben. Und wer wird dann das alles be-
kommen?‹
[21]Ihr seht, wie dumm es ist, auf der Erde Reichtümer an-
zuhäufen und dabei nicht nach Reichtum bei Gott zu fra-
gen.«

Lehre über Geld und Besitz

[22]Darauf wandte Jesus sich wieder an seine Jünger: »Deshalb
sage ich euch: Sorgt euch nicht um Alltägliches – ob ihr ge-
nug zu essen oder anzuziehen habt, [23]denn das Leben be-
steht aus weit mehr als Nahrung und Kleidung. [24]Seht die
Raben an. Sie brauchen nicht zu säen, zu ernten oder Vor-
ratsscheunen zu bauen, denn Gott ernährt sie. Und ihr seid
ihm doch weit wichtiger als irgendwelche Vögel! [25]Können
all eure Sorgen euer Leben auch nur um einen einzigen Au-
genblick verlängern? Natürlich nicht! [26]Und wenn euer Sor-
gen schon in so geringen Dingen nichts bewirkt, was nützt
es da, sich um größere Dinge zu sorgen?
[27]Seht doch die Lilien, wie sie wachsen. Sie arbeiten nicht
und nähen sich keine Kleider, und doch war Salomo in all sei-
ner Pracht nicht so schön gekleidet wie eine von ihnen.
[28]Wenn Gott schon für die Blumen so wunderbar sorgt, die
heute blühen und morgen bereits verwelkt sind, wie viel mehr
wird er da für euch sorgen? Euer Glaube ist so klein! [29]Macht
euch keine Gedanken über eure Nahrung – was ihr essen
oder trinken sollt. Macht euch keine Gedanken darüber, ob
Gott euch damit versorgen wird. [30]Diese Dinge beherrschen
das Denken der meisten Menschen, doch euer Vater weiß,
was ihr braucht. [31]Er wird euch jeden Tag alles Nötige geben,
wenn das Reich Gottes für euch das Wichtigste ist.

32 Hab also keine Angst, kleine Herde. Denn es macht eu-
rem Vater große Freude, euch das Reich Gottes zu schen-
ken.
33 Verkauft, was ihr habt, und gebt es den Bedürftigen. Auf
diese Weise sammelt ihr euch Schätze im Himmel! Und die
Geldbörsen des Himmels haben keine Löcher. Dort ist euer
Schatz sicher – kein Dieb kann ihn stehlen und keine Motte
ihn zerfressen. 34 Wo immer euer Reichtum ist, da wird auch
euer Herz sein.

Seid bereit für das Kommen des Herrn

35 Haltet euch bereit und seid wach 36 wie jemand, der auf die
Rückkehr seines Herrn vom Hochzeitsfest wartet. Dann
werdet ihr die Tür öffnen und ihn sofort hereinlassen kön-
nen, wenn er kommt und anklopft. 37 Gesegnet sind diejeni-
gen, die vorbereitet sind und seine Rückkehr erwarten. Ich
verspreche euch, er wird sie Platz nehmen lassen, sich eine
Schürze umbinden und sie bedienen, während sie sitzen und
essen! 38 Vielleicht kommt er mitten in der Nacht oder kurz
vor der Morgendämmerung*. Doch wann er auch kommt:
Gesegnet sind all diejenigen von seinen Dienern, die dann
bereit sind!
39 Eines solltet ihr wissen: Wenn ein Hausbesitzer wüsste,
wann der Einbrecher kommt, würde er nicht zulassen, dass
er einbricht. 40 Deshalb müsst ihr jederzeit bereit sein, denn
der Menschensohn wird dann kommen, wenn ihr es am we-
nigsten erwartet.«
41 Petrus fragte: »Herr, meinst du damit nur uns oder alle
Menschen?«

12,38 Griech. *in der zweiten oder dritten Nachtwache.*

42Da erwiderte der Herr: »Ich spreche von jedem treuen,
umsichtigen Diener, dem der Herr die Verantwortung über-
trägt, sein Haus zu verwalten und seine Familie zu versor-
gen. 43Wenn der Herr zurückkommt und feststellt, dass der
Diener seine Sache gut gemacht hat, wird es eine Beloh-
nung geben. 44Ich versichere euch: Der Herr wird diesem
Diener die Verantwortung über seinen gesamten Besitz
übertragen. 45Wenn der Diener jedoch denkt: ›Mein Herr
wird noch lange nicht zurückkommen‹ und anfängt, die an-
deren Diener herumzukommandieren, Feste zu feiern und
sich zu betrinken – 46nun, dann wird der Herr eines Tages
unangekündigt und zu unerwarteter Stunde zurückkehren.
Dann wird er den Diener davonjagen und ihn zu den Un-
gläubigen verbannen. 47Der Diener wird hart bestraft wer-
den, denn er hat seine Pflichten nicht erfüllt, obwohl er den
Willen seines Herrn kannte.

48Menschen, die diesen Willen nicht kennen und Unrecht
tun, werden nur leicht bestraft werden. Von den Menschen
jedoch, denen viel anvertraut wurde, wird viel verlangt,
und von denjenigen, denen noch mehr anvertraut wurde,
wird auch noch viel mehr verlangt werden.

Jesus spaltet die Menschen in zwei Lager

49Ich bin gekommen, um Feuer auf der Erde zu entzünden,
und ich wünschte, meine Aufgabe wäre schon erfüllt! 50Eine
schreckliche Taufe steht mir bevor, und der Gedanke daran
lastet schwer auf mir, bis sie vollzogen ist. 51Glaubt ihr, ich
bin gekommen, um der Welt Frieden zu bringen? Nein, ich
bin gekommen, um Zwietracht zu säen! 52Von nun an wer-
den ganze Familien auseinander brechen, weil drei für mich
und zwei gegen mich sind – oder umgekehrt. 53Es wird zu
Streit zwischen Vater und Sohn, Mutter und Tochter,
Schwiegermutter und Schwiegertochter kommen.«

54 Daraufhin wandte Jesus sich an die Menge und sagte:
»Wenn ihr seht, wie sich im Westen Wolken bilden, sagt
ihr: ›Es wird Regen geben.‹ Und ihr habt Recht. 55 Wenn ein
Südwind weht, sagt ihr: ›Heute wird es heiß werden.‹ Und
genau so ist es. 56 Ihr Heuchler! Die Erscheinungen der Erde
und des Himmels versteht ihr zu deuten, aber die Zeichen
dieser Zeit könnt ihr nicht deuten.

57 Warum könnt ihr nicht selbst entscheiden, was richtig
ist? 58 Wenn du auf dem Weg zum Gericht bist und deinen
Ankläger triffst, versuche doch, die Angelegenheit zu bereinigen, bevor sie vor den Richter kommt, sonst wirst du womöglich verurteilt, dem Gerichtsdiener übergeben und ins
Gefängnis geworfen. 59 Und wenn das geschieht, wirst du
nicht eher freikommen, bis du auch den letzten Pfennig bezahlt hast.«

Ein Aufruf zur Umkehr

13 Zu dieser Zeit erfuhr Jesus, dass Pilatus einige Leute aus
Galiläa hatte ermorden lassen, während sie in Jerusalem
im Tempel Opfer darbrachten. 2 »Meint ihr, diese Galiläer seien größere Sünder gewesen als andere Menschen in Galiläa?«, fragte er. »Glaubt ihr, dass sie deshalb leiden mussten?
3 Ganz und gar nicht! Ihr werdet genauso umkommen, wenn
ihr euch nicht von euren bösen Wegen abkehrt und euch
Gott zuwendet. 4 Und was ist mit den achtzehn Männern, die
starben, als der Turm von Siloah auf sie herabstürzte? Waren
sie etwa die größten Sünder in Jerusalem? 5 Nein. Ich sage
euch noch einmal: Wenn ihr nicht Reue zeigt und auf eurem
Weg umkehrt, werdet ihr genauso umkommen.«

Gleichnis vom Feigenbaum

6Dann erzählte Jesus folgendes Gleichnis: »Ein Mann
pflanzte in seinem Garten einen Feigenbaum und kam von
Zeit zu Zeit nachsehen, ob er schon Früchte trug, aber er
wurde jedes Mal enttäuscht. 7Schließlich sagte er zu seinem
Gärtner: ›Ich habe jetzt drei Jahre gewartet und noch keine
einzige Feige gesehen! Fälle den Baum. Er beansprucht nur
noch unnötig den Boden.‹

8Der Gärtner erwiderte: ›Gib ihm noch ein Jahr Zeit. Ich
werde ihn besonders pflegen und kräftig düngen. 9Wenn wir
dann im nächsten Jahr Feigen ernten, gut. Wenn nicht,
kannst du ihn fällen.‹«

Jesus heilt am Sabbat

10Als Jesus einmal an einem Sabbat in der Synagoge lehrte,
11sah er eine Frau, die durch einen bösen Geist verkrüppelt
war. Seit achtzehn Jahren war sie verkrümmt und konnte
nicht gerade stehen. 12Als Jesus sie sah, rief er sie zu sich und
sagte: »Frau, du bist von deiner Krankheit erlöst!« 13Dann
berührte er sie, und sofort konnte sie sich aufrichten. Da
lobte sie Gott und dankte ihm!

14Der Synagogenvorsteher war jedoch empört darüber,
dass Jesus die Frau an einem Sabbat geheilt hatte. »Die Wo-
che hat sechs Tage, an denen man arbeiten kann«, sagte er
zu den Versammelten: »Kommt an diesen Tagen, um euch
heilen zu lassen, aber nicht am Sabbat.«

15Doch der Herr sagte: »Ihr Heuchler! Arbeitet ihr nicht
auch am Sabbat, wenn ihr euren Ochsen oder Esel im Stall
losbindet und zur Tränke hinausführt? 16War es denn nicht
genauso dringend, dass ich diese gute Frau* – auch wenn ge-

13,16 Griech. *diese Frau, eine Tochter Abrahams.*

rade Sabbat ist – von der Fessel befreite, in der der Satan sie
seit achtzehn Jahren gefangen hielt?« 17Damit beschämte er
seine Feinde. Und alle anderen freuten sich über die wun-
derbaren Dinge, die er tat.

Das Gleichnis vom Senfkorn

18Dann sagte Jesus: »Wie ist das Reich Gottes? Wie kann ich
es beschreiben? 19Es gleicht einem winzigen Senfkorn, das in
einem Garten gepflanzt wird. Es wächst zu einem Baum he-
ran, und die Vögel kommen und finden Schutz in seinen
Zweigen.«

Das Gleichnis vom Sauerteig

20Er fragte weiter: »Wie kann ich das Reich Gottes noch be-
schreiben? 21Es ist wie Sauerteig, den eine Frau zum Brotba-
cken verwendet. Auch wenn sie eine große Menge* Mehl be-
nutzt, durchdringt der Sauerteig den ganzen Teig.«

Die enge Tür

22Jesus zog auf dem Weg nach Jerusalem durch die Städte
und Dörfer und lehrte. 23Jemand fragte ihn: »Herr, werden
nur wenige errettet werden?«

Er erwiderte: 24»Die Tür zum Himmel ist eng. Bemüht
euch hineinzukommen, denn viele werden es versuchen,
25doch wenn der Hausherr die Tür verschlossen hat, wird es
zu spät sein. Dann werdet ihr draußen stehen, klopfen und
bitten: ›Herr, öffne uns!‹ Doch er wird entgegnen: ›Ich ken-
ne euch nicht.‹ 26Ihr werdet sagen: ›Aber wir haben doch mit
dir gegessen und getrunken, und du hast in unseren Straßen
gelehrt.‹ 27Da wird er entgegnen: ›Ich sage euch: Ich kenne

13,21 Griech. *drei Maß*.

euch nicht. Fort mit euch, die ihr böse und ungerechte Din-
ge tut.‹

[28]Dann wird lautes Weinen und Zähneknirschen ertönen,
denn ihr werdet Abraham, Isaak, Jakob und die Propheten
im Reich Gottes sehen, ihr aber werdet hinausgeworfen.
[29]Dann werden Menschen aus der ganzen Welt kommen
und ihre Plätze im Reich Gottes einnehmen. [30]Und macht
euch eines klar: Manche, die jetzt gering geachtet sind, wer-
den dann geehrt sein; und andere, die jetzt geehrt werden,
werden dann gering geachtet sein.*«

Jesus trauert über Jerusalem

[31]Etwas später sagten ein paar Pharisäer zu ihm: »Geh lieber
fort von hier, wenn du am Leben bleiben willst. Herodes
Antipas will dich umbringen!«

[32]Jesus erwiderte: »Geht und sagt diesem Fuchs, dass ich
heute und morgen weiter Dämonen austreiben und Men-
schen gesund machen werde; und am dritten Tag wird mein
Werk vollendet. [33]Ja, heute, morgen und auch am Tag darauf
muss ich meinen Weg gehen. Denn es ist nicht möglich,
dass ein Prophet Gottes woanders als in Jerusalem getötet
wird!

[34]Jerusalem, Jerusalem, du Stadt, die Propheten tötet
und die Boten Gottes steinigt! Wie oft wollte ich deine
Kinder sammeln, wie eine Henne ihre Küken unter ihren
Flügeln birgt, aber du wolltest es nicht zulassen. [35]Und nun
sieh doch: Dein Haus wird veröden. Und du wirst mich
nicht wieder sehen, bis du selbst rufst: ›Gepriesen sei, der
da kommt im Namen des Herrn!‹*«

13,30 Griech. *Einige sind Letzte, die Erste sein werden, und einige sind Erste, die Letzte sein werden.* **13,35** Psalm 118,26.

Jesus heilt am Sabbat

14 An einem Sabbat war Jesus im Haus eines hochrangi-
gen Pharisäers. Die Leute beobachteten ihn genau. 2Es
befand sich dort ein Mann, dessen Gliedmaßen geschwollen
waren*. 3Jesus fragte die Pharisäer und Gesetzeskenner: »Ist
es nun nach dem Gesetz erlaubt, Menschen am Sabbat zu
heilen, oder nicht?« 4Als sie nicht antworten wollten, be-
rührte Jesus den kranken Mann, heilte ihn und schickte ihn
fort. 5Dann wandte er sich an sie und fragte: »Wer von euch
würde am Sabbat nicht arbeiten, wenn es nötig ist? Wenn
euer Sohn* oder euer Ochse in einen Graben fällt, geht ihr
dann nicht sofort hin und zieht ihn heraus?« 6Und wieder
wussten sie keine Antwort.

Von der Demut

7Als Jesus sah, dass alle, die zum Essen gekommen waren,
sich einen Platz am oberen Ende des Tischs aussuchten,
sagte er zu ihnen: 8»Wenn du zu einem Hochzeitsfest einge-
laden bist, strebe nicht nach dem besten Platz. Denn was ist,
wenn jemand eingeladen wurde, der angesehener ist als du?
9Der Gastgeber wird sagen: ›Lass diesen Mann hier Platz
nehmen.‹ Und dann musst du beschämt aufstehen und zum
letzten Platz gehen, der übrig geblieben ist!

10Setz dich stattdessen zunächst ans untere Tischende.
Wenn dein Gastgeber dich dann sieht, wird er kommen und
sagen: ›Freund, wir haben aber einen besseren Platz für
dich!‹ So wirst du vor allen anderen Gästen geehrt werden.

11Denn die Stolzen werden gedemütigt, die Demütigen
aber geehrt werden.«

14,2 Normalerweise übersetzt mit *der wassersüchtig war.* **14,5** In manchen Handschriften heißt es *euer Esel.*

12Dann wandte er sich an seinen Gastgeber: »Wenn du
mittags oder abends Gäste zum Essen einlädst, dann lade
nicht deine Freunde, Brüder, Verwandten oder reichen
Nachbarn ein. Denn sie werden es dir vergelten, indem sie
dich ebenfalls einladen. 13Lade vielmehr die Armen, die
Krüppel, die Gelähmten und die Blinden ein. 14Bei der Auf-
erstehung der Gottesfürchtigen wird Gott dich belohnen,
weil du Menschen eingeladen hast, die es dir nicht vergelten
konnten.«

Das Gleichnis vom großen Fest

15Als ein Mann, der mit Jesus am Tisch saß, das hörte, rief er
aus: »Gesegnet sind die, die am Festessen im Reich Gottes
teilnehmen!«

16Jesus antwortete ihm mit folgendem Gleichnis: »Ein
Mann bereitete ein großes Fest vor und verschickte viele
Einladungen. 17Als alles vorbereitet war, sandte er seinen
Diener aus, der den Gästen sagen sollte, dass es Zeit war,
zum Fest zu kommen. 18Aber sie fingen alle an, Entschuldi-
gungen vorzubringen. Einer sagte, er habe gerade ein Feld
gekauft und wolle es nun begutachten; er bat, ihn deshalb zu
entschuldigen. 19Ein anderer erklärte, dass er gerade fünf
Paar Ochsen gekauft habe und sie prüfen wolle. 20Wieder
ein anderer hatte gerade geheiratet und meinte, er könne
deshalb nicht kommen.

21Der Diener kam zurück und berichtete seinem Herrn,
was sie gesagt hatten. Da wurde der Herr zornig und sagte:
›Geh hinaus auf die Straßen und Wege der Stadt und lade die
Armen, die Krüppel, die Lahmen und die Blinden ein.‹ 22Der
Diener tat, was ihm aufgetragen worden war, und berichtete
dann: ›Wir haben noch Platz für weitere Gäste.‹ 23Da sagte
sein Herr: ›Geh hinaus auf die Landstraßen und hinter die
Hecken und bitte jeden, den du findest, zu kommen, damit

das Haus voll wird. [24]Denn keiner von denen, die ich zuerst
eingeladen habe, soll auch nur das Geringste von dem bekommen, was ich für sie vorbereitet hatte.‹«

Der Preis der Nachfolge

[25]Eine große Menschenmenge begleitete Jesus. Er wandte
sich um und sagte zu ihnen: [26]»Wer mir nachfolgen will,
muss mich mehr lieben als* Vater und Mutter, Frau und Kinder, Brüder und Schwestern – ja, mehr als sein Leben.
Sonst kann er nicht mein Jünger sein. [27]Und ihr könnt auch
nicht meine Jünger sein, wenn ihr nicht euer Kreuz auf euch nehmt und mir nachfolgt.

[28]Aber kommt nicht, ehe ihr nicht die Kosten berechnet
habt. Denn wer würde mit dem Bau eines Hauses beginnen, ohne zuvor die Kosten zu überschlagen und zu prüfen, ob das Geld reicht, um alle Rechnungen zu bezahlen? [29]Sonst stellt
er vielleicht das Fundament fertig, und dann geht ihm das Geld aus. Wie würden ihn da alle auslachen! [30]Sie würden sa-
gen: ›Das ist der, der mit dem Bau eines Hauses angefangen hat und dann nicht genug Geld hatte, es fertig zu stellen!‹

[31]Oder welcher König käme je auf den Gedanken, in den
Krieg zu ziehen, ohne sich zuvor mit seinen Beratern zusammenzusetzen und zu erörtern, ob seine Armee von zehntausend Soldaten stark genug ist, die zwanzigtausend Soldaten zu besiegen, die gegen ihn aufmarschieren?

[32]Wenn er dazu nicht in der Lage ist, wird er dem Feind,
wenn dieser noch weit weg ist, Unterhändler entgegenschicken und versuchen, einen Frieden auszuhandeln. [33]Genau-
so kann auch niemand mein Jünger sein, ohne alles für mich aufzugeben.

14,26 Griech. *muss seinen eigenen Vater ... hassen.*

[34]Salz ist gut zum Würzen. Aber wie macht man es wieder
salzig, wenn es seine Würzkraft verliert? [35]Geschmackloses
Salz eignet sich weder für den Boden noch als Dünger. Es
wird weggeworfen. Wer bereit ist zu hören, soll zuhören
und begreifen!«

Das Gleichnis vom verlorenen Schaf

15 Oft kamen Steuereintreiber und andere, die als Sün-
der galten, um Jesus lehren zu hören. [2]Die Pharisäer
und Schriftgelehrten nahmen Anstoß daran, dass er sich mit
so verrufenen Leuten abgab und sogar mit ihnen aß!
[3]Deshalb erzählte Jesus ihnen folgendes Gleichnis:
[4]»Wenn jemand hundert Schafe hätte, und eines würde
weglaufen und sich in der Wüste verirren, würde er dann
nicht die neunundneunzig Schafe zurücklassen, um das ver-
lorene zu suchen, bis er es wiedergefunden hätte? [5]Und
dann würde er es voller Freude auf seinen Schultern nach
Hause tragen. [6]Wieder daheim, würde er alle Freunde und
Nachbarn zusammenrufen, damit sie sich mit ihm darüber
freuen, dass er sein verlorenes Schaf wiedergefunden hat.
[7]Genauso ist im Himmel die Freude über einen verlorenen
Sünder, der zu Gott zurückkehrt, größer als über neunund-
neunzig andere, die gerecht sind und gar nicht erst vom
Weg abirrten!

Das Gleichnis von der verlorenen Münze

[8]Oder nehmt einmal an, eine Frau hätte zehn Drachmen*

15,8 Eine Drachme entsprach etwa einem vollen Tagelohn.

und würde eine verlieren. Würde sie nicht eine Lampe an-
zünden und das ganze Haus auf den Kopf stellen, bis sie sie
gefunden hätte? 9Und wenn sie sie gefunden hätte, würde sie
nicht ihre Freundinnen und Nachbarinnen rufen, damit sie
sich mit ihr freuen, dass sie ihre verlorene Münze wieder-
gefunden hat? 10Genauso herrscht Freude bei den Engeln
Gottes, wenn auch nur ein einziger Sünder bereut und auf
seinem Weg umkehrt.«

Das Gleichnis vom verlorenen Sohn

11Und Jesus erzählte ihnen auch folgendes Gleichnis: »Ein
Mann hatte zwei Söhne. 12Der jüngere Sohn sagte zu seinem
Vater: ›Ich möchte meinen Erbteil von deinem Besitz schon
jetzt haben.‹ Da erklärte der Vater sich bereit, seinen Besitz
zwischen seinen Söhnen aufzuteilen.

13Einige Tage später packte der jüngere Sohn seine Sachen
und ging auf Reisen in ein fernes Land, wo er sein ganzes
Geld verprasste. 14Etwa um die Zeit, als ihm das Geld aus-
ging, brach in jenem Land eine große Hungersnot aus, und
er hatte nicht genug zu essen. 15Da überredete er einen Bau-
ern, ihm Arbeit zu geben, und er durfte seine Schweine hü-
ten. 16Der junge Mann war so hungrig, dass er die Schoten,
die er an die Schweine verfütterte, am liebsten selbst geges-
sen hätte. Aber niemand gab ihm etwas.

17Schließlich überlegte er und sagte sich: ›Daheim haben
die Tagelöhner mehr als genug zu essen, und ich sterbe hier
vor Hunger! 18Ich will zu meinem Vater nach Hause gehen
und sagen: Vater, ich habe gesündigt, gegen den Himmel
und auch gegen dich, 19und ich bin es nicht mehr wert, dein
Sohn zu heißen. Bitte stell mich als einen deiner Tagelöhner
ein.‹

20 So kehrte er zu seinem Vater nach Hause zurück. Er war
noch weit entfernt, als sein Vater ihn kommen sah. Voller
Liebe und Mitleid lief er seinem Sohn entgegen, schloss ihn
in die Arme und küsste ihn. 21 Sein Sohn sagte zu ihm: ›Vater,
ich habe gesündigt, gegen den Himmel und auch gegen
dich, und bin es nicht mehr wert, dein Sohn zu heißen.*‹

22 Aber sein Vater sagte zu den Dienern: ›Schnell! Bringt
die besten Kleider im Haus und zieht sie ihm an. Holt einen
Ring für seinen Finger und Sandalen für seine Füße. 23 Und
schlachtet das Kalb, das wir im Stall gemästet haben, 24 denn
mein Sohn hier war tot und ist ins Leben zurückgekehrt. Er
war verloren, aber nun ist er wieder gefunden.‹ Und ein
Freudenfest begann.

25 Währenddessen war der ältere Sohn draußen auf den Fel-
dern und arbeitete. Als er heimkam, hörte er Musik und Tanz
im Haus 26 und fragte einen der Diener, was da los sei. 27 ›Dein
Bruder ist wieder da‹, erfuhr er, ›und dein Vater hat das Kalb
geschlachtet, das wir gemästet hatten, und gibt nun ein gro-
ßes Fest. Wir feiern, dass er wohlbehalten zurückgekehrt ist.‹

28 Da wurde der ältere Bruder zornig und wollte nicht ins
Haus gehen. Sein Vater kam heraus und redete ihm zu, 29 aber
er sagte: ›All die Jahre habe ich schwer für dich gearbeitet
und dir nicht ein einziges Mal widersprochen, wenn du mir
etwas aufgetragen hast. Und in dieser ganzen Zeit hast du
mir nicht einmal eine junge Ziege gegeben, um mit meinen
Freunden ein Fest zu feiern. 30 Doch jetzt, wenn dein Sohn
daherkommt, nachdem er dein Geld mit Huren durchge-
bracht hat, feierst du und schlachtest unser bestes Kalb.‹

15,21 Manche Handschriften fügen hinzu *Bitte stell mich als einen deiner Tagelöhner ein.*

31 Sein Vater sagte zu ihm: ›Sieh, mein lieber Sohn, du und
ich, wir stehen uns sehr nahe, und alles, was ich habe, gehört
dir. 32 Wir mussten diesen Freudentag feiern, denn dein Bru-
der war tot und ist ins Leben zurückgekehrt! Er war verlo-
ren, aber jetzt ist er wieder gefunden!‹«

Das Gleichnis vom unehrlichen Verwalter

16 Jesus erzählte seinen Jüngern folgendes Gleichnis:
»Ein reicher Mann stellte einen Verwalter ein, der
ihm die Geschäfte führen sollte, aber schon bald kam ihm zu
Ohren, dass der Verwalter ein Betrüger war. 2 Da rief er ihn
zu sich und sagte zu ihm: ›Was höre ich da? Du hast mich
bestohlen? Mach deinen Bericht fertig, denn ich werde dich
entlassen.‹

3 Der Verwalter dachte sich: ›Was soll ich nun tun? Hier
kann ich nicht mehr arbeiten. Um Gräben zu schaufeln fehlt
mir die Kraft. Und zum Betteln bin ich zu stolz. 4 Ich weiß,
was ich tun muss, damit ich viele Freunde haben werde, die
sich um mich kümmern, wenn ich hier fort muss!‹

5 Und er rief alle zu sich, die seinem Herrn Geld schulde-
ten, um ihre Lage mit ihm zu besprechen. Den Ersten frag-
te er: ›Wie viel schuldest du ihm?‹ 6 Der Mann antwortete:
›Ich schulde ihm hundert Fässer Olivenöl.‹ Da sagte der
Verwalter: ›Zerreiß den Schuldschein und schreibe einen
neuen über fünfzig Fässer.*‹

16,6 Griech. *100 bat … 50 [bat];* ein Bat umfasste etwa 36 Liter.

7›Und wie viel schuldest du meinem Herrn?‹, fragte er
den Nächsten. ›Hundert Sack Weizen‹, lautete die Antwort.
›Hier‹, sagte der Verwalter, ›nimm deine Rechnung und er-
setze sie durch eine andere über achtzig Sack.*‹

8Der reiche Mann konnte den unehrlichen Verwalter für
seine Klugheit nur bewundern; denn die Menschen dieser
Welt sind tatsächlich klüger als die Gottesfürchtigen. 9Ich
sage euch: Nutzt euren weltlichen Besitz* zum Wohl ande-
rer und macht euch damit Freunde. Auf diese Weise sam-
melt ihr euch mit eurer Großzügigkeit Lohn im Himmel
an.*

10Wer in kleinen Dingen treu ist, wird auch in großen treu
sein. Und wer schon in geringen Angelegenheiten betrügt,
wird auch bei größerer Verantwortung nicht ehrlich sein.
11Wenn ihr bei weltlichem Besitz nicht vertrauenswürdig
seid, wer wird euch die wahren Reichtümer des Himmels
verwalten lassen? 12Und wenn ihr mit dem Geld anderer
Leute nicht treu seid, warum sollte man euch eigenes Geld
anvertrauen?

13Niemand kann zwei Herren dienen. Denn man wird im-
mer den einen hassen und den anderen lieben oder dem ei-
nen gehorchen, den anderen aber verachten. Ihr könnt nicht
Gott und dem Geld zugleich dienen.«

14Die Pharisäer, die sehr an ihrem Geld hingen, spotteten
über Jesus, als sie das hörten. 15Da sagte er zu ihnen: »In der
Öffentlichkeit wollt ihr gut dastehen, aber Gott kennt eure
bösen Herzen. Was in dieser Welt hoch angesehen wird, ist
in Gottes Augen ein Gräuel.

16,7 Griech.: *100 kor ... 80 kor;* ein Kor umfasste zehn Bat, also etwa 360 Liter. **16,9a** Wörtlich *den ungerechten Mammon.* **16,9b** O. *Wenn er euch dann am Ende dieses Lebens ausgeht, werden eure Freunde euch in den ewigen Wohnstätten willkommen heißen.*

16Bis Johannes der Täufer zu predigen begann, hörtet ihr
auf das Gesetz Moses und die Propheten. Nun wird die Bot-
schaft vom Reich Gottes verkündet, und die Menschen
drängen sich mit Gewalt hinein. 17Doch das bedeutet nicht,
dass das Gesetz seine Gültigkeit auch nur im geringsten ver-
loren hätte. Es ist stärker und dauerhafter als Himmel und
Erde.*
18Wer sich von seiner Frau scheiden lässt und eine andere
heiratet, begeht Ehebruch, und wer eine geschiedene Frau
heiratet, begeht ebenfalls Ehebruch.«

Der reiche Mann und Lazarus

19Jesus sagte: »Es war einmal ein reicher Mann, der pracht-
voll gekleidet war und jeden Tag im Luxus lebte. 20Vor seiner
Tür lag ein kranker Bettler namens Lazarus, 21der sich nach
den Abfällen vom Tisch des Reichen sehnte. Um ihn herum
strichen die Hunde und leckten seine Geschwüre. 22Schließ-
lich starb der Bettler und wurde von den Engeln zu Abra-
ham* getragen. Auch der reiche Mann starb und wurde be-
graben, 23und seine Seele kam ins Totenreich*. Während er
dort Qualen litt, sah er in großer Entfernung Lazarus bei
Abraham.
24Der reiche Mann rief: ›Vater Abraham, hab Mitleid mit
mir! Schicke mir Lazarus, damit er seine Fingerspitze in
Wasser taucht und mir die Zunge kühlt, denn ich leide ent-
setzliche Qualen in diesen Flammen.‹
25Doch Abraham sagte zu ihm: ›Sohn, erinnere dich, dass
du in deinem Leben alles hattest, was du wolltest, während

16,17 Griech. *Eher werden Himmel und Erde vergehen, als dass auch nur der kleinste Strich des Gesetzes vergeht.* **16,22** Griech. *in Abrahams Schoß.* **16,23** Griech. *in den Hades.*

Lazarus nichts hatte. So wird er jetzt hier getröstet, und du
leidest. 26Außerdem trennt uns eine tiefe Kluft voneinander.
Wer von hier zu euch gelangen will, wird durch diesen Ab-
grund daran gehindert, und ebenso kann von euch niemand
hier herüberkommen.‹

27Daraufhin sagte der reiche Mann: ›Bitte, Vater Abra-
ham, schicke Lazarus zum Haus meines Vaters. 28Denn ich
habe fünf Brüder und möchte sie vor diesem Ort der Qual
warnen, damit sie nicht hierher kommen müssen, wenn sie
sterben.‹

29Doch Abraham sagte: ›Mose und die Propheten haben
sie gewarnt. Deine Brüder können jederzeit auf sie hören,
wenn sie es wollen.‹

30Der reiche Mann erwiderte: ›Nein, Vater Abraham!
Wenn aber einer von den Toten zu ihnen geschickt wird,
dann werden sie umkehren und sich von ihren Sünden ab-
wenden.‹

31Doch Abraham sagte: ›Wenn sie nicht auf Mose und die
Propheten hören, dann werden sie sich auch nicht überzeu-
gen lassen, wenn einer von den Toten aufersteht.‹«

Lehren über Vergebung und Glauben

17 Eines Tages sagte Jesus zu seinen Jüngern: »Es wird
immer Versuchungen geben, die zum Bösen verfüh-
ren, doch wie schlimm wird es erst dem Menschen ergehen,
der andere zur Sünde verleitet. 2Es wäre besser, mit einem
großen Mühlstein um den Hals ins Meer geworfen zu wer-
den, als die Strafe dafür erleiden zu müssen, dass man einem
dieser Kleinen Schaden zugefügt hat. 3Ich warne euch!

Wenn dein Bruder sündigt, dann ermahne ihn, und wenn er
Reue zeigt und von seinem Weg umkehrt, vergib ihm. 4Und
wenn er dir sieben Mal am Tag Unrecht tut und jedes Mal
umkehrt und um Vergebung bittet, vergib ihm.«
5Eines Tages sagten die Apostel zum Herrn: »Stärke unse-
ren Glauben.«
6»Wenn euer Glaube nur so klein wäre wie ein Senfkorn«,
antwortete der Herr, »könntet ihr zu diesem Maulbeerfei-
genbaum sagen: ›Du sollst dich entwurzeln und ins Meer
werfen‹, und er würde euch gehorchen!
7Wenn ein Knecht vom Pflügen oder Schafehüten zurück-
kommt, setzt er sich nicht einfach hin und isst. 8Zuerst muss
er seinem Herrn das Abendessen zubereiten und ihn bedie-
nen, bevor er sein eigenes Abendbrot verzehrt. 9Und der
Knecht hat dafür noch nicht einmal Dank zu erwarten, denn
er tut nur seine Pflicht. 10Wenn ihr mir gehorcht, sollt auch
ihr sagen: ›Wir haben keine besondere Anerkennung ver-
dient. Wir sind Diener und haben nur unsere Pflicht getan.‹«

Zehn Leprakranke werden geheilt

11Auf seinem Weg nach Jerusalem gelangte Jesus an die
Grenze zwischen Galiläa und Samaria. 12Als er dort in ein
Dorf kam, standen in einiger Entfernung zehn Aussätzige
13und riefen: »Jesus, Meister, hab Mitleid mit uns!«
14Er sah sie an und sagte: »Geht und zeigt euch den Pries-
tern.« Und während sie gingen, verschwand ihr Aussatz.
15Einer von ihnen kam, als er es merkte, zu Jesus zurück
und rief: »Dank sei Gott, ich bin geheilt!« 16Und er fiel vor
Jesus nieder und dankte ihm. Dieser Mann war ein Samariter.
17Jesus fragte: »Sind nicht zehn Menschen geheilt wor-
den? Wo sind die anderen neun? 18Kehrt nur dieser Fremde
zurück, um Gott die Ehre zu geben?« 19Und er sagte zu dem
Mann: »Steh auf und geh. Dein Glaube hat dich gerettet.«

Das Kommen des Reiches Gottes

[20]Eines Tages fragten die Pharisäer Jesus: »Wann wird das
Reich Gottes kommen?«
Jesus erwiderte: »Das Reich Gottes wird nicht durch
sichtbare Zeichen angekündigt*. [21]Ihr werdet nicht sagen
können: ›Hier ist es!‹, oder: ›Es ist dort drüben!‹ Denn das
Reich Gottes ist mitten unter euch*.«
[22]Später sprach er mit seinen Jüngern noch einmal darü-
ber. »Es kommt die Zeit, da werdet ihr euch danach sehnen,
den Menschensohn auch nur einen Tag bei euch zu haben,
aber es wird euch nicht möglich sein. [23]Man wird euch be-
richten, der Menschensohn sei zurückgekehrt und halte sich
hier oder dort auf. Glaubt solchen Berichten nicht und
sucht auch nicht nach ihm. [24]Denn wenn der Menschensohn
wiederkommt, wird es so offensichtlich sein wie ein Blitz,
der den Himmel von einem Ende bis zum anderen erhellt.
[25]Doch zuerst muss der Menschensohn vieles erleiden und
von dieser Generation abgelehnt werden.
[26]Wenn der Menschensohn wiederkommt, wird es in der
Welt zugehen wie zur Zeit Noahs. [27]In jener Zeit vor der
Flut feierten die Menschen Feste und Hochzeiten bis zu
dem Augenblick, als Noah in sein Schiff stieg und die Flut
kam und sie alle verschlang.
[28]Und es wird in der Welt zugehen wie zur Zeit Lots. Die
Menschen gingen alltäglichen Dingen nach – sie aßen und
tranken, kauften und verkauften, pflanzten und bauten –,
[29]bis zu dem Morgen, an dem Lot Sodom verließ. Da regne-
te es Feuer und Schwefel vom Himmel, und alle in der Stadt
kamen um. [30]Genauso wird es sein an dem Tag, an dem der

17,20 O. *durch eure Spekulationen oder so, dass man es beobachten könnte.*
17,21 O. *in euch.* **17,30** O. *bis zu dem Tag, an dem sich der Menschensohn offenbart.*

Menschensohn wiederkommt*. [31]Wer sich an diesem Tag
außerhalb des Hauses* befindet, darf nicht mehr ins Haus
gehen, um zu packen. Wer auf dem Feld ist, darf nicht in die
Stadt zurückkehren. [32]Denkt daran, was mit Lots Frau ge-
schah! [33]Wer sich an dieses Leben klammert, wird es verlie-
ren, und wer dieses Leben verliert, wird sein Leben retten.
[34]In jener Nacht werden zwei Menschen in einem Bett
schlafen; der eine wird weggenommen, der andere wird zu-
rückbleiben. [35]Zwei Frauen werden in der Mühle zusammen
mahlen; die eine wird weggenommen, die andere wird zu-
rückbleiben.*«

[37]»Herr, wo wird das geschehen?«, fragten die Jünger.

Jesus erwiderte: »Wenn die Geier sich sammeln, weiß man, dass ein verendetes Tier in der Nähe liegt. So deuten auch diese Zeichen an, dass das Ende nahe ist.*«

Das Gleichnis von der hartnäckigen Witwe

18 Eines Tages zeigte Jesus seinen Jüngern durch ein
Gleichnis, wie wichtig es ist, beständig zu beten und
nicht aufzugeben. [2]»In einer Stadt lebte ein Richter«, sagte
er. »Es war ein harter, gottloser Mann, der den Menschen
mit Verachtung begegnete. [3]Eine Witwe aus der Stadt
sprach immer wieder bei ihm vor und forderte ihr Recht ge-
genüber jemandem, der ihr Unrecht getan hatte. [4]Der Rich-
ter ging eine Weile über ihre Klagen hinweg, doch irgend-

17,31 Griech. *auf dem Dach.* **17,35** In manchen Handschriften folgt Vers 36: *Zwei Männer werden auf dem Feld arbeiten; der eine wird weggenommen, der andere dagegen zurückgelassen werden.* **17,37** Griech. *Wo Aas liegt, da sammeln sich die Geier.*

wann wurde er ihrer müde. ›Ich fürchte weder Gott noch
Menschen‹, dachte er, 5›aber diese Frau raubt mir den Ver-
stand. Ich will zusehen, dass sie ihr Recht bekommt, damit
sie mich mit ihren ständigen Anträgen verschont.*‹«
6Und der Herr sagte: »Aus dem Handeln dieses unge-
rechten Richters sollt ihr etwas lernen: 7wenn selbst er
schließlich ein gerechtes Urteil fällte – wird Gott da nicht
seinen Auserwählten, die ihn Tag und Nacht anflehen, ihr
Recht verschaffen? Wird er sie vertrösten? 8Ich sage euch, er
wird ihnen Recht verschaffen, und zwar schnell! Doch wenn
der Menschensohn wiederkommt, wie viele wird er dann
vorfinden, die solch einen Glauben haben?«

Das Gleichnis vom Pharisäer und dem Steuereintreiber

9Dann erzählte Jesus ein paar Leuten, die sehr selbstgerecht
waren und alle anderen mit Geringschätzung behandelten,
folgendes Gleichnis: 10»Zwei Männer gingen in den Tempel,
um zu beten. Der eine war ein Pharisäer, der andere ein
Steuereintreiber. 11Der stolze Pharisäer stand da und betete:
›Ich danke dir, Gott, dass ich kein Sünder bin wie die ande-
ren Menschen, wie die Räuber und die Ungerechten, die
Ehebrecher, oder besonders wie dieser Steuereintreiber da!
Denn ich betrüge niemand, ich begehe keinen Ehebruch,
12ich faste zwei Mal in der Woche und gebe dir regelmäßig
den zehnten Teil von meinem Einkommen.‹
13Der Steuereintreiber dagegen blieb in einigem Abstand
stehen und wagte nicht einmal den Blick zu heben, während
er betete: ›O Gott, sei mir gnädig, denn ich bin ein Sünder.‹
14Ich sage euch, dieser Sünder – und nicht der Pharisäer –

18,5 Griech. *sonst kommt sie am Ende noch und schlägt mir ins Gesicht.*
18,14 Griech. *Denn wer sich selbst erhöht, wird erniedrigt werden; aber wer sich selbst erniedrigt, wird erhöht werden.*

kehrte heim als ein vor Gott Gerechtfertigter. Denn die Stolzen werden gedemütigt, die Demütigen aber werden geehrt werden.*«

Jesus segnet die Kinder

15Eines Tages brachten Eltern ihre kleinen Kinder zu Jesus.
Er sollte ihnen die Hand auflegen und für sie beten. Doch
die Jünger fuhren die Leute an, ihn nicht zu belästigen. 16Da
rief Jesus die Kinder zu sich und sagte zu den Jüngern:
»Lasst die Kinder doch zu mir kommen. Hindert sie nicht
daran! Denn solchen gehört das Reich Gottes. 17Ich versi-
chere euch: Wer nicht wie ein Kind glaubt, wird nicht ins
Reich Gottes kommen.«

Der reiche Mann

18Ein führender Mann des jüdischen Volkes stellte Jesus ein-
mal folgende Frage: »Guter Meister, was muss ich tun, um
das ewige Leben zu bekommen?«

19»Warum nennst du mich gut?«, fragte Jesus ihn. »Nur
Gott ist wirklich gut. 20Doch du kennst die Gebote: ›Du
sollst nicht die Ehe brechen. Du sollst nicht töten. Du sollst
nicht stehlen. Du sollst keine Falschaussage machen. Ehre
deinen Vater und deine Mutter.‹*«

21Der Mann erwiderte: »Seit meiner Kindheit habe ich
diese Gebote alle befolgt.«

22»Es gibt noch eines, das dir fehlt«, sagte daraufhin Jesus.
»Verkaufe alles, was du hast, und gib das Geld den Armen,
und du wirst einen Schatz im Himmel haben. Dann komm
und folge mir nach.« 23Als der Mann das hörte, wurde er
traurig, denn er war sehr reich.

18,20 2. Mose 20,12-16; 5. Mose 5,16-20.

[24]Jesus sah ihm nach, als er wegging, und sagte dann zu
seinen Jüngern: »Wie schwer ist es doch für die Reichen, ins
Reich Gottes zu kommen! [25]Eher geht ein Kamel durch ein
Nadelöhr, als dass ein Reicher ins Reich Gottes kommt!«

[26]Als die Umstehenden das hörten, sagten sie: »Wer kann denn dann überhaupt gerettet werden?«

[27]Er antwortete: »Was menschlich gesehen unmöglich ist, ist bei Gott möglich.«

[28]Da sagte Petrus: »Wir haben unser Zuhause verlassen und sind dir nachgefolgt.«

[29]»Ja«, erwiderte Jesus, »und ich versichere euch: Wer
Haus oder Frau oder Geschwister oder Eltern oder Kinder
für das Reich Gottes aufgegeben hat, [30]wird es in diesem Le-
ben vielfältig zurückbekommen und in der zukünftigen
Welt das ewige Leben erhalten.«

Jesus kündigt erneut seinen Tod an

[31]Jesus versammelte die zwölf Jünger um sich und erklärte
ihnen: »Wie ihr wisst, werden wir nach Jerusalem gehen.
Dort wird sich erfüllen, was die Propheten über den Men-
schensohn gesagt haben. [32]Man wird ihn an die Römer aus-
liefern, und er wird verspottet, gedemütigt und angespuckt
werden. [33]Sie werden ihn auspeitschen und töten, doch am
dritten Tag wird er wieder auferstehen.«

[34]Doch sie verstanden kein Wort. Die Bedeutung blieb ihnen verborgen, und sie begriffen nicht, wovon er sprach.

Jesus heilt einen blinden Bettler

[35]Kurz vor Jericho saß ein blinder Bettler am Wegrand. [36]Er
hörte die große Menschenmenge vorüberziehen und fragte,
was da los sei. [37]Man sagte ihm, dass Jesus von Nazareth vo-
rübergehe. [38]Da fing er an zu rufen: »Jesus, Sohn Davids,
hab Mitleid mit mir!« [39]Die Leute, die vor Jesus gingen, ver-

suchten den Mann zum Schweigen zu bringen, aber er
schrie nur noch lauter: »Sohn Davids, hab Mitleid mit mir!«
[40]Als Jesus ihn hörte, blieb er stehen und befahl, den Mann
zu ihm zu bringen. Als er sich ihm näherte, [41]fragte er ihn:
»Was soll ich für dich tun?«
»Herr«, bat er, »ich möchte sehen können!«
[42]Da sagte Jesus: »Du sollst wieder sehen können. Dein
Glaube hat dich gerettet.« [43]Und augenblicklich konnte der
Mann sehen. Er folgte Jesus und lobte Gott. Und auch alle
anderen, die es miterlebt hatten, rühmten Gott.

Jesus und Zachäus

19 Jesus kam nach Jericho und ging durch die Stadt. [2]Dort
lebte ein Mann namens Zachäus. Als einer der mäch-
tigsten Steuereintreiber war er sehr reich. [3]Zachäus hatte ver-
sucht, einen Blick auf Jesus zu werfen, aber er war zu klein,
um über die Menge hinwegschauen zu können. [4]Deshalb lief
er voraus und kletterte auf einen Maulbeerfeigenbaum am
Wegrand, um Jesus von dort aus vorübergehen zu sehen.
[5]Als Jesus kam, blickte er zu Zachäus hinauf und rief ihn
beim Namen: »Zachäus!«, sagte er, »komm schnell he-
runter! Denn ich muss heute Gast in deinem Haus sein.«
[6]Zachäus kletterte so schnell er konnte hinunter und ge-
leitete Jesus voller Aufregung und Freude in sein Haus.
[7]Doch den Leuten in der Menge gefiel das nicht. »Bei einem
berüchtigten Sünder kehrt er als Gast ein«, murrten sie.
[8]Währenddessen stellte Zachäus sich vor den Herrn hin
und sagte: »Herr, ich werde die Hälfte meines Reichtums
den Armen geben, und wenn ich die Leute bei der Steuer
betrogen habe, werde ich es ihnen vierfach erstatten!«

9Jesus erwiderte: »Heute hat dieses Haus Rettung erfah-
ren, denn dieser Mann hat sich als Sohn Abrahams erwiesen.
10Der Menschensohn ist gekommen, um Verlorene zu su-
chen und zu retten.«

Das Gleichnis von den zehn Dienern

11Die Menge hörte Jesus zu. Und er erzählte ihnen ein
Gleichnis; denn da er nahe bei Jerusalem war, glaubten sie,
dass das Reich Gottes nun anbrechen würde. 12Er sagte:
»Ein vornehmer Mann wurde in ein fernes Land gerufen,
um dort zum König gekrönt zu werden. Danach wollte er
wieder zurückkehren. 13Vor seiner Abreise rief er zehn Die-
ner zu sich und gab ihnen zehn Pfund Silber*, mit denen sie
in seiner Abwesenheit handeln sollten. 14Aber sein Volk
hasste ihn und sandte ihm eine Abordnung nach, um ihm sa-
gen zu lassen, dass sie ihn nicht zum König haben wollten.

15Als er zurückkam, ließ der König die Diener kommen,
denen er das Geld gegeben hatte. Er wollte erfahren, was sie
mit dem Geld angefangen und welche Erträge sie erzielt
hatten. 16Der erste Diener berichtete: ›Herr, ich habe die ur-
sprüngliche Summe verzehnfacht!‹ 17›Gut gemacht‹, rief der
König. ›Du bist ein vertrauenswürdiger Diener. Du warst
mit dem wenigen treu, das ich dir anvertraut habe; deshalb
werde ich dich zur Belohnung als Statthalter über zehn
Städte setzen.‹

18Der nächste Diener meldete: ›Herr, ich habe das Fünffa-
che des ursprünglichen Betrags erwirtschaftet‹. 19›Gut ge-
macht‹, sagte der König. ›Du kannst Statthalter über fünf
Städte sein.‹

20Der dritte Diener aber übergab ihm nur die ursprüngli-
che Summe und erklärte: ›Ich habe es versteckt und sicher

19,13 Griech. *zehn Minen;* eine Mine entsprach etwa drei Monatslöhnen.

aufbewahrt. 21Ich hatte Angst, weil du ein so strenger Mann
bist; du nimmst, was dir nicht gehört, und erntest, was du
nicht gesät hast.‹
22›Du schlechter Diener!‹ fuhr der König ihn an. ›Streng
soll ich sein? Wenn du mich so gut kanntest und wusstest,
wie streng ich bin, 23warum hast du das Geld dann nicht auf
eine Bank gebracht, damit ich wenigstens Zinsen erhalten
hätte?‹ 24Darauf wandte der König sich an die Umstehenden
und befahl: ›Nehmt diesem Diener das Geld ab und gebt es
dem, der seinen Anteil verzehnfacht hat.‹
25›Aber, Herr‹, wandten sie ein, ›dieser Diener hat doch
schon genug!‹
26›Ja‹, entgegnete der König, ›aber denen, die ihren Anteil
gut nutzen, wird noch mehr gegeben werden. Denen jedoch, die nicht treu damit umgehen, wird auch das wenige,
das sie haben, noch genommen werden.* 27Und nun zu meinen Widersachern, die mich nicht zum König haben wollten – führt sie herein und tötet sie vor meinen Augen.‹«

Der triumphale Einzug

28Nachdem er dieses Gleichnis erzählt hatte, setzte Jesus seinen Weg nach Jerusalem fort. Er ging vor seinen Jüngern
her. 29Als sie die Orte Betfage und Betanien erreichten, die
in der Nähe des Ölbergs liegen, schickte er zwei Jünger voraus. 30»Geht in den Ort vor euch«, sagte er. »Wenn ihr hineinkommt, werdet ihr ein Eselsfohlen angebunden sehen,
das noch nie geritten wurde. Bindet es los und bringt es mir.
31Wenn euch jemand fragt, was ihr da tut, dann sagt einfach:
›Der Herr braucht es.‹«

19,26 Griech. *Wer hat, dem wird gegeben werden, wer aber nicht hat, dem wird auch das genommen werden, was er hat.*

32Sie gingen und fanden das Eselsfohlen genau so, wie Je-
sus es gesagt hatte. 33Und als sie es losbanden, fragten die
Besitzer tatsächlich: »Warum bindet ihr unser Eselsfohlen
los?«

34Die Jünger antworteten: »Der Herr braucht es.« 35So
brachten sie Jesus das Fohlen und warfen ihre Mäntel darü-
ber, damit er darauf reiten konnte.

36Die Menschen breiteten ihre Mäntel vor Jesus auf der
Straße aus. 37Als sie die Stelle erreichten, an der der Weg den
Ölberg hinabführte, fingen alle seine Anhänger an, Gott mit
lautem Jubel für die großen Wunder zu loben, die sie gese-
hen hatten.

38»Gepriesen sei der König, der im Namen des Herrn
kommt!

Friede in der Höhe und Ehre im höchsten Himmel!«*

39Einige der Pharisäer in der Menge forderten ihn auf:
»Meister, rufe deine Jünger zur Vernunft!«

40Doch er entgegnete ihnen: »Würden sie schweigen,
dann würden die Steine schreien!«

Jesus weint über Jerusalem

41Als sie sich jedoch Jerusalem näherten und Jesus die Stadt
vor sich liegen sah, begann er zu weinen. 42»Wie sehr
wünschte ich, du würdest noch heute den Weg des Friedens
finden. Doch nun ist es zu spät, und der Friede bleibt dir
fremd. 43Nicht mehr lange, und deine Feinde werden einen
Wall rings um dich aufschütten, dich einkreisen und gegen
dich vorrücken. 44Sie werden dich und deine Kinder dem
Erdboden gleichmachen und keinen Stein auf dem anderen
lassen, weil du die Gelegenheit, die Gott dir geboten hat,
nicht ergriffen hast.«

19,38 Psalm 118,26; 148,1.

Die Tempelreinigung

45Dann ging Jesus in den Tempel und fing an, die Händler
von ihren Ständen zu vertreiben. 46Er sagte zu ihnen: »In der
Schrift steht: ›Mein Haus soll ein Ort des Gebets sein‹, aber
ihr habt eine Räuberhöhle daraus gemacht.«*

47Danach lehrte er täglich im Tempel, doch die obersten
Priester, die Schriftgelehrten und die anderen führenden
Männer des Volkes fingen an, nach einem Vorwand zu su-
chen, ihn umzubringen. 48Aber ihnen fiel nichts ein, weil das
Volk an seinen Lippen hing und auf ihn hörte.

Die Frage nach der Vollmacht von Jesus

20 Eines Tages, als Jesus gerade im Tempel die Bot-
schaft Gottes verkündete, traten die obersten Pries-
ter, die Schriftgelehrten und die übrigen führenden Männer
des Volkes auf ihn zu 2und fragten: »In wessen Vollmacht
hast du die Händler aus dem Tempel vertrieben?* Wer hat
dir diese Vollmacht erteilt?«

3»Lasst mich euch erst eine Frage stellen«, entgegnete er.
4»War die Taufe des Johannes eine Handlung im Auftrag
Gottes oder war es nur die Tat eines Menschen?«

5Sie besprachen eine Weile, was sie antworten sollten.
»Wenn wir sagen, dass es eine Handlung im Auftrag Gottes
war, wird er fragen, warum wir ihm dann nicht geglaubt ha-
ben. 6Sagen wir jedoch, dass sie nur die Tat eines Menschen
war, wird das Volk uns steinigen, denn die Leute sind über-
zeugt, dass er ein Prophet war.« 7Schließlich antworteten
sie: »Wir wissen es nicht.«

19,46 Jesaja 56,7; Jeremia 7,11.
20,2 O. *In wessen Vollmacht tust du diese Dinge?*

[8]Da entgegnete Jesus: »Dann beantworte ich eure Frage auch nicht.«

Das Gleichnis von den bösen Bauern

[9]Danach erzählte Jesus dem Volk folgendes Gleichnis: »Ein
Mann pflanzte einen Weinberg, verpachtete ihn an einige
Bauern und zog für mehrere Jahre in ein anderes Land. [10]Zur
Zeit der Weinlese schickte er einen seiner Diener, um seinen
Anteil an der Ernte einzufordern. Doch die Bauern überfielen
den Diener, verprügelten ihn und schickten ihn mit leeren
Händen zurück. [11]Darauf sandte der Besitzer einen anderen
Diener, doch dem erging es genauso: Er wurde geschlagen,
verspottet und musste mit leeren Händen wieder umkehren.
[12]Ein dritter Mann wurde geschickt und wieder geschah das
Gleiche; auch er wurde verwundet und fortgejagt.

[13]›Was mache ich jetzt?‹, überlegte der Besitzer. ›Ich weiß!
Ich werde meinen geliebten Sohn schicken. Vor ihm werden
sie Respekt haben.‹

[14]Doch als die Bauern seinen Sohn sahen, sagten sie sich:
›Da kommt der Erbe dieses Weinguts. Lasst uns ihn um-
bringen; dann gehört alles uns!‹ [15]Und sie warfen ihn aus
dem Weinberg hinaus und töteten ihn.

Was, glaubt ihr, wird der Besitzer des Weinbergs mit die-
sen Bauern machen?«, fragte Jesus. [16]»Ich sage euch: Er
wird kommen, sie alle töten und den Weinberg an andere
verpachten.«

»Das soll niemals geschehen«, erwiderten seine Zuhörer entsetzt.

[17]Jesus sah sie an und sagte: »Was hat dann die Schriftstelle zu bedeuten:

20,17 Psalm 118,22.

›Der Stein, den die Bauleute verworfen haben, ist zum Eckstein geworden.‹*?

[18]Wer über diesen Stein stolpert, wird daran zerbrechen, und auf wen er fällt, den wird er zerschmettern.«

[19]Als die Schriftgelehrten und obersten Priester dies hörten, hätten sie Jesus am liebsten sofort verhaftet. Sie merkten, dass mit den Bauern in dieser Geschichte sie gemeint waren. Doch sie fürchteten sich vor der Reaktion des Volkes, wenn sie ihn gefangen nehmen ließen.

Steuern für den Kaiser

[20]Deshalb suchten sie nach einer günstigen Gelegenheit und beauftragten Männer, die sich als ehrliche Zuhörer ausgaben, um Jesus auszuhorchen. Sie brauchten einen Vorwand, unter dem sie Jesus durch den römischen Statthalter verhaften lassen konnten. [21]Sie sprachen zu Jesus: »Meister, wir wissen, dass das, was du sagst und lehrst, richtig ist, und du dich nicht von der Meinung anderer beeinflussen lässt. Du lehrst die Wege Gottes, und was du sagst, ist wahr. [22]Sage uns nun: Ist es richtig, dem Kaiser Steuern zu zahlen, oder nicht?«

[23]Jesus durchschaute aber ihre List und sagte: [24]»Zeigt mir eine römische Münze*. Wessen Bild und Titel ist darauf eingeprägt?«

»Bild und Titel des Kaisers«, antworteten sie.

[25]Da sagte er: »Dann gebt dem Kaiser, was dem Kaiser gehört. Und gebt Gott, was Gott gehört.« [26]So gelang es ihnen nicht, Jesus vor dem Volk eine Falle zu stellen. Stattdessen waren sie erstaunt über seine Antwort und schwiegen.

20,24 Griech. *einen Denar.*

Gespräch über die Auferstehung

27 Nun traten einige Sadduzäer vor – eine jüdische Gruppie-
rung, die nicht an die Auferstehung nach dem Tod glaubt.
28 Sie stellten ihm eine Frage: »Meister, Mose hat uns folgen-
des Gesetz gegeben: Wenn ein Mann stirbt und zwar eine
Frau, aber keine Kinder hinterlässt, soll sein Bruder die
Witwe heiraten und ihm auf diese Weise zu einem Erben
verhelfen.* 29 Nun waren einmal sieben Brüder. Der älteste
heiratete und starb kinderlos. 30 Sein Bruder nahm die Witwe
zur Frau, aber auch er starb. 31 Das Gleiche wiederholte sich
mit den anderen Brüdern, bis alle sieben sie geheiratet hat-
ten, gestorben waren und keine Kinder hinterlassen hatten.
32 Schließlich starb auch die Frau. 33 Sage uns nun: Wessen
Frau wird sie bei der Auferstehung sein? Denn alle sieben
waren mit ihr verheiratet!«

34 Jesus erwiderte: »Hier auf der Erde heiraten die Men-
schen und werden geheiratet, 35 doch in der zukünftigen
Welt wird es anders sein. Die Menschen, die der Auferste-
hung für würdig befunden werden, werden nicht mehr ver-
heiratet sein, 36 und sie werden auch nicht mehr sterben. In
dieser Hinsicht werden sie den Engeln gleichen. Sie werden
Kinder Gottes sein, die zu neuem Leben auferweckt wur-
den. 37 Die Auferstehung der Toten hat Mose schon am bren-
nenden Dornbusch angedeutet, als er vom Herrn als ›dem
Gott Abrahams, dem Gott Isaaks und dem Gott Jakobs‹*
sprach, obwohl Abraham, Isaak und Jakob längst gestorben
waren. 38 So ist Gott also der Gott der Lebenden und nicht
der Toten. Denn für ihn sind sie alle am Leben.«

39 »Du hast gut geantwortet, Meister!«, bemerkten einige
Schriftgelehrte, die dabeistanden. 40 Und keiner wagte mehr,
ihn noch etwas zu fragen.

20,28 5. Mose 25,5-6. **20,37** 2. Mose 3,6.

Wessen Sohn ist der Christus?

41Dann stellte Jesus ihnen eine Frage. »Warum wird der
Christus als Sohn Davids bezeichnet?«, fragte er. 42»David
selbst schrieb doch in den Psalmen:
›Der Herr sprach zu meinem Herrn:
Setz dich auf den Ehrenplatz zu meiner Rechten, 43bis ich
deine Feinde demütige und sie zum Schemel unter deinen
Füßen mache.‹*
44Wenn David ihn Herr nannte, wie kann er dann gleich-
zeitig sein Sohn sein?«
45Und er wandte sich seinen Jüngern zu und sagte vor den
Ohren der Menge zu ihnen: 46»Nehmt euch in Acht vor den
Schriftgelehrten! Sie lieben es, in wehenden Gewändern
über die Marktplätze zu flanieren und die Ehrenbezeu-
gungen der Leute entgegenzunehmen. Und sie beanspru-
chen, in den Synagogen und bei Festen auf den Ehrenplätzen
zu sitzen! 47Doch gleichzeitig betrügen sie Witwen schamlos
um ihren Besitz, und um zu verbergen, wie sie wirklich sind,
sprechen sie in der Öffentlichkeit lange Gebete. Deshalb
wird ihre Strafe umso härter ausfallen.«

Das Opfer der Witwe

21 Während Jesus im Tempel war, sah er zu, wie die rei-
chen Leute ihre Spenden in den Opferkasten legten.
2Da kam eine arme Witwe und warf zwei kleine Münzen*
ein. 3»Ich versichere euch«, sagte er, »diese arme Witwe hat
mehr gegeben als alle anderen. 4Denn jene gaben nur einen

20,42-43 Psalm 110,1. **21,2** Griech. *zwei Lepta;* ein Lepton war die kleinste griech. Münze.

Bruchteil von ihrem Überfluss, sie aber, arm wie sie ist, gab
alles, was sie besaß.«

Jesus spricht über die Zukunft

5Einige seiner Jünger lobten die schönen Steine und die mit
Weihgeschenken geschmückten Mauern des Tempels.
Doch Jesus sagte: 6»Es kommt die Zeit, da wird all dies so
vollständig zerstört werden, dass nicht ein Stein auf dem anderen bleibt.«

7»Meister«, fragten sie, »wann wird das geschehen? Und
wird es vorher irgendein Zeichen geben?«

8Er erwiderte: »Lasst euch nicht täuschen. Viele werden
in meinem Namen auftreten, sich als Christus* ausgeben
und sagen: ›Die Zeit ist gekommen!‹ Glaubt ihnen nicht!
9Und wenn ihr von Kriegen und Unruhen hört, geratet
nicht in Panik. All diese Dinge müssen kommen, doch das
ist noch nicht das Ende.« 10Und er fügte hinzu: »Völker und
Königreiche werden einander den Krieg erklären. 11Es wird
Erdbeben geben, in vielen Ländern werden Hungersnöte
und Seuchen auftreten, und am Himmel werden schreckliche Dinge und gewaltige Zeichen erscheinen.

12Doch noch bevor all das geschieht, wird eine Zeit
schlimmer Verfolgungen kommen. Um meines Namens
willen wird man euch in Synagogen und Gefängnisse
schleppen und vor Königen und Regierungen anklagen.
13Das wird euch Gelegenheit geben, ihnen von mir zu erzählen. 14Macht euch keine Sorgen, wie ihr euch verteidigen
sollt. 15Ich werde euch die richtigen Worte eingeben und die
nötige Weisheit verleihen, sodass keiner eurer Gegner euch
wird widerlegen können! 16Selbst die Menschen, die euch

21,8 Griech. *sagen: ›Ich bin es‹.*

am nächsten stehen – eure Eltern, Geschwister, Verwandter
und Freunde –, werden euch verraten. Einige von euch wer-
den sogar umgebracht werden. [17]Und um meines Namens
willen werden euch alle hassen. [18]Aber nicht ein einziges
Haar auf eurem Kopf soll verloren gehen! [19]Wenn ihr stand-
haft bleibt, werdet ihr eure Seelen retten.

[20]Wenn ihr Jerusalem von Feinden umringt seht, dann
wisst ihr, dass der Zeitpunkt seiner Zerstörung gekommen
ist. [21]Dann müssen die, die in Judäa sind, in die Berge flie-
hen. Wer in Jerusalem ist, soll flüchten, und wer sich außer-
halb der Stadt befindet, soll nicht in ihr Schutz suchen.
[22]Denn das werden die Tage der Vergeltung Gottes sein, und
die Weissagungen der Schrift werden sich erfüllen.
[23]Schwangeren und Stillenden wird es schlimm ergehen!
Denn im Land wird große Not herrschen, und Unheil wird
über dieses Volk kommen. [24]Die Menschen werden mit dem
Schwert getötet oder als Gefangene in die ganze Welt ver-
schleppt werden. Und Jerusalem wird erobert und dem Erd-
boden gleichgemacht werden von den fremden Völkern, bis
ihre Zeit zu Ende ist.

[25]An Sonne, Mond und Sternen werden Zeichen erschei-
nen. Und auf der Erde werden die Völker in Aufruhr und
Entsetzen sein, den wilden Wellen der Meere hilflos ausgelie-
fert. [26]Viele Menschen werden den Mut verlieren, wenn sie
diese Schrecken über die Erde hereinbrechen sehen, denn
selbst die Kräfte des Himmels werden aus dem Gleichgewicht
geraten. [27]Und dann werden alle den Menschensohn mit
Macht und großer Herrlichkeit in den Wolken des Himmels
kommen sehen.* [28]Wenn all das anfängt, dann richtet euch auf
und hebt den Blick, denn eure Erlösung ist ganz nahe!«

21,27 S. Daniel 7,13.

[29]Und er gab ihnen folgenden Vergleich: »Seht euch einen
Feigenbaum oder einen anderen Baum an. [30]Wenn die Blät-
ter sprießen, wisst ihr, dass der Sommer kommt. [31]Genauso
könnt ihr, wenn ihr all dies geschehen seht, sicher sein, dass
das Reich Gottes nahe ist. [32]Ich versichere euch: Diese Ge-
neration* wird nicht von der Erde verschwinden, bis alle
diese Ereignisse eingetreten sind. [33]Himmel und Erde wer-
den vergehen, aber meine Worte werden für immer bleiben.
[34]Seid wachsam! Lasst euch nicht von zu viel Essen und
Trinken und den Sorgen des Alltags gefangen nehmen, da-
mit euch dieser Tag nicht unvorbereitet trifft, [35]so wie man
unverhofft in eine Falle stolpert. Denn dieser Tag wird über
alle hereinbrechen, die auf der Erde leben. [36]Seid wachsam!
Und betet darum, dass ihr, wenn es möglich ist, diesen
Schrecken entkommen und vor dem Menschensohn stehen
könnt.«
[37]Jeden Tag ging Jesus in den Tempel, um zu lehren, und
abends kehrte er zurück, um die Nacht auf dem Ölberg zu
verbringen. [38]Jeden Morgen strömten die Menschen scha-
renweise herbei, um ihn zu hören.

Der Verrat des Judas

22 Das Fest der ungesäuerten Brote, das Passahfest,
rückte näher. [2]Die obersten Priester und Schrift-
gelehrten planten, Jesus umzubringen. Sie fürchteten sich
allerdings vor der Reaktion des Volkes.

21,32 O. *dieses Zeitalter* oder *diese Nation.*

3 Da fuhr Satan in Judas Iskariot, der einer der zwölf Jün-
ger war. 4 Er ging zu den obersten Priestern und den Befehls-
habern der Tempelwache, um mit ihnen zu beraten, wie er
Jesus am besten an sie verraten könnte. 5 Sie freuten sich,
dass er bereit war, ihnen zu helfen, und versprachen ihm
eine Belohnung. 6 Von da an begann er nach einer passenden
Gelegenheit Ausschau zu halten, bei der sie Jesus ohne Auf-
sehen verhaften konnten, wenn das Volk nicht in der Nähe
war.

Das letzte Abendmahl

7 Das Fest der ungesäuerten Brote rückte heran, an dem die
Passahlämmer geschlachtet wurden. 8 Jesus schickte Petrus
und Johannes voraus und sagte: »Geht und bereitet das
Passahmahl vor, damit wir es gemeinsam essen können.«

9 »Wo sollen wir denn hingehen?«, fragten sie ihn.

10 Er erwiderte: »Wenn ihr nach Jerusalem kommt, wird
euch ein Mann begegnen, der einen Wasserkrug trägt. Folgt
ihm bis zu dem Haus, in das er eintritt, 11 und sagt zu dem
Besitzer: ›Der Meister fragt dich: Wo ist der Raum für Gäs-
te, in dem ich mit meinen Jüngern das Passahmahl feiern
kann?‹ 12 Er wird euch die Treppe hinauf zu einem Saal füh-
ren, in dem schon alles vorbereitet ist. Geht voraus und
richtet dort alles her.« 13 Sie machten sich auf den Weg in die
Stadt und fanden alles genau so vor, wie Jesus gesagt hatte,
und bereiteten dort das Passahmahl vor.

14 Als es so weit war, nahmen Jesus und die Jünger mitei-
nander am Tisch Platz. 15 Jesus sagte: »Ich habe mich sehr
danach gesehnt, dieses Passahmahl mit euch zu feiern, bevor
mein Leiden beginnt. 16 Denn ich sage euch jetzt, ich werde
es nicht wieder essen, bis es sich im Reich Gottes erfüllt.«

17 Dann nahm er einen Becher mit Wein, und nachdem er
Gott dafür gedankt hatte, sagte er: »Nehmt ihn und teilt ihn

unter euch. [18]Denn ich werde keinen Wein mehr trinken, bis
das Reich Gottes gekommen ist.«

[19]Dann nahm er ein Brot, und nachdem er Gott dafür ge-
dankt hatte, brach er es in Stücke und reichte es den Jüngern
mit den Worten: »Dies ist mein Leib, der für euch gegeben
wird. Tut das zur Erinnerung an mich.« [20]Nach dem Essen
nahm er einen weiteren Becher mit Wein und sagte: »Dieser
Wein ist das Zeichen des neuen Bundes – ein Bund, der mit
dem Blut besiegelt wird, das ich für euch vergießen werde.*

[21]Doch hier an diesem Tisch sitzt schon der Mann, der
mich verraten wird. Er sitzt unter uns wie ein Freund. [22]Der
Menschensohn muss zwar sterben, weil es Gott so bestimmt
hat. Doch wie schlimm wird es erst für den sein, der ihn ver-
raten wird!« [23]Da begannen die Jünger einander zu fragen,
wer von ihnen denn so etwas je tun würde.

[24]Und sie fingen an zu streiten, wer von ihnen im kom-
menden Reich Gottes der Größte sein würde. [25]Jesus sagte
zu ihnen: »In dieser Welt beherrschen die Könige und Gro-
ßen ihre Untertanen und werden doch als ›Wohltäter‹ be-
zeichnet. [26]Unter euch aber soll der Größte den niedrigsten
Platz einnehmen und der Leiter soll wie ein Diener sein.
[27]Normalerweise sitzt der Meister am Tisch und wird von
seinen Dienern bedient. Hier ist es anders! Denn ich bin
euer Diener. [28]Ihr seid mir in der Zeit meiner Versuchung
treu geblieben. [29]Und so wie mein Vater mir ein Königreich
gegeben hat, gebe ich euch das Recht, [30]in diesem Reich an
meinem Tisch zu essen und zu trinken. Ihr werdet auf Thro-
nen sitzen und die zwölf Stämme Israels richten.

22,19-20 In manchen Handschriften fehlt 22,19b–20: *für euch gegeben … vergießen werde.*

Jesus sagt voraus, dass Petrus ihn verleugnen wird

31»Simon, Simon, Satan hat euch alle haben wollen. Er woll-
te euch durchsieben wie Weizen 32Doch ich habe für dich
gebetet, dass dein Glaube nicht aufhöre. Wenn du also spä-
ter umgekehrt und zu mir zurückgekommen bist, dann stär-
ke deine Brüder.«
33Petrus sagte: »Herr, ich bin bereit, mit dir ins Gefängnis
zu gehen und sogar mit dir zu sterben.«
34Doch Jesus entgegnete: »Petrus, lass mich dir etwas sa-
gen. Noch bevor morgen früh der Hahn kräht, wirst du drei
Mal geleugnet haben, mich überhaupt zu kennen.«
35Dann fragte Jesus sie alle: »Als ich euch ausschickte, die
gute Botschaft zu verkünden, und ihr hattet weder Geld
noch Tasche noch Kleidung zum Wechseln, hat es euch da
an irgendetwas gefehlt?«
»Nein«, antworteten sie.
36»Aber jetzt«, sagte er, »nehmt euer Geld und eure Ta-
sche. Und wenn ihr kein Schwert habt, verkauft eure Klei-
dung, um eines zu kaufen! 37Denn die Zeit ist gekommen, in
der sich erfüllt, was in der Schrift über mich steht: ›Er wur-
de zu den Aufrührern gerechnet.‹* Ja, alles, was die Prophe-
ten über mich geschrieben haben, wird sich erfüllen.«
38»Herr«, erwiderten sie, »wir haben zwei Schwerter.«
»Das genügt«, sagte er.

Jesus betet auf dem Ölberg

39Dann verließ Jesus zusammen mit seinen Jüngern den
Raum und sie gingen wie gewohnt zum Ölberg. 40Dort for-
derte er sie auf: »Betet, damit ihr der Versuchung nicht er-
liegt.«
41Er entfernte sich etwa einen Steinwurf weit, kniete nie-

22,37 Jesaja 53,12.

der und betete: 42»Vater, wenn du willst, dann lass diesen
Kelch des Leides an mir vorübergehen. Doch ich will dei-
nen Willen tun, nicht meinen.« 43Da erschien ein Engel vom
Himmel und stärkte ihn. 44Aber er war von Angst erfüllt und
betete noch heftiger und kämpfte so sehr, dass sein Schweiß
wie Blut auf die Erde tropfte.* 45Schließlich stand er auf und
ging zu den Jüngern zurück, die, erschöpft vor Kummer,
eingeschlafen waren. 46»Warum schlaft ihr?«, fragte er.
»Steht auf und betet. Sonst wird die Versuchung euch über-
wältigen.«

Jesus wird verraten und verhaftet

47Er hatte noch nicht ausgeredet, da näherte sich eine Men-
schenmenge, angeführt von Judas, einem der zwölf Jünger.
Judas ging auf Jesus zu und begrüßte ihn mit einem Kuss.
48Aber Jesus sagte: »Judas, wie kannst du den Menschensohn
mit einem Kuss verraten?«

49Als die anderen Jünger begriffen, was die Menge vorhat-
te, riefen sie: »Herr, sollen wir kämpfen? Wir haben die
Schwerter mitgebracht!« 50Und einer von ihnen griff den
Diener des Hohen Priesters an und schlug ihm das rechte
Ohr ab.

51Doch Jesus sagte: »Leistet keinen Widerstand mehr.«
Und er berührte das Ohr des Mannes und heilte ihn. 52Dann
wandte er sich an die obersten Priester, die Befehlshaber der
Tempelwache und die Anführer der Gruppe. »Bin ich ein
Schwerverbrecher«, fragte er, »dass ihr mit Schwertern und
Knüppeln bewaffnet anrückt, um mich zu verhaften? 53Wa-
rum habt ihr mich nicht im Tempel verhaftet? Ich war doch
jeden Tag dort. Aber dies ist eure Stunde, die Zeit, in der die
Macht der Finsternis die Oberhand hat.«

22,43-44 Diese Verse sind in vielen frühen Handschriften nicht enthalten.

Petrus verleugnet Jesus

54Da verhafteten sie ihn und brachten ihn zum Haus des Ho-
hen Priesters. Petrus folgte in großem Abstand. 55Als die
Wächter im Hof ein Feuer machten und sich ringsherum la-
gerten, setzte sich Petrus zu ihnen. 56Eine Dienerin bemerk-
te ihn im Schein des Feuers und beobachtete ihn. Schließ-
lich sagte sie: »Dieser Mann war auch bei Jesus!«

57Petrus leugnete es. »Frau«, sagte er, »ich kenne den
Mann überhaupt nicht!«

58Nach einer Weile schaute ein anderer ihn an und mein-
te: »Du musst auch einer von ihnen sein!«

»Nein, Mann, das bin ich nicht!«, erwiderte Petrus.

59Etwa eine Stunde später bekräftigte ein anderer: »Das
muss einer der Jünger von Jesus sein, er ist auch Galiläer.«

60Aber Petrus entgegnete: »Ich weiß nicht, wovon du re-
dest.« Und sobald er das gesagt hatte, krähte ein Hahn. 61In
diesem Augenblick drehte der Herr sich um und sah Petrus
an. Da erinnerte dieser sich an die Worte des Herrn: »Bevor
morgen früh der Hahn kräht, wirst du mich drei Mal ver-
leugnen.« 62Und Petrus ging hinaus und weinte bitterlich.

63Dann fingen die Wächter, die Jesus gefangen hielten, an,
ihn zu verspotten und zu schlagen. 64Sie verbanden ihm die
Augen, dann schlugen sie ihn und fragten: »Nun, du Pro-
phet, wer hat dich wohl gerade geschlagen?« 65Und sie be-
schimpften ihn.

Jesus vor dem Hohen Rat

66Gegen Tagesanbruch versammelten sich die führenden
Männer des Volkes sowie die obersten Priester und Schrift-
gelehrten. Jesus wurde diesem Hohen Rat* vorgeführt,
67und sie fragten ihn: »Sage uns, ob du der Christus* bist.«

22,66 Griech. *dem Sanhedrin.* **22,67** Griech. *der Gesalbte.*

Doch er erwiderte: »Wenn ich es euch sagte, würdet ihr
mir doch nicht glauben. 68 Und wenn ich euch eine Frage
stellte, würdet ihr mir nicht antworten. 69 Aber bald kommt
die Zeit, in der der Menschensohn zur Rechten des all-
mächtigen Gottes sitzen wird.*«
70 Da riefen alle: »Dann behauptest du also, Gottes Sohn
zu sein?«
Und er erwiderte: »Ihr sagt es selbst; ich bin es.«
71 »Wozu brauchen wir da noch Zeugen?«, schrien sie.
»Wir haben es ihn selbst sagen hören.«

Das Verhör vor Pilatus

23 Daraufhin führte der gesamte Hohe Rat Jesus zu Pi-
latus, dem römischen Statthalter, 2 und sie trugen ihm
die Anklage vor: »Dieser Mann verführt unser Volk. Er for-
dert es auf, dem Kaiser keine Steuern zu zahlen, und er be-
hauptet, der Christus, ein König zu sein.«
3 Pilatus fragte ihn: »Bist du der König der Juden?«
Jesus erwiderte: »Ja, du sagst es selbst.«
4 Pilatus wandte sich an die obersten Priester und an die
Menge und sagte: »Ich finde keine Schuld an diesem
Mann!«
5 Doch sie bestanden darauf: »Wo er auch hinkommt, ver-
ursacht er Unruhe im Volk – in ganz Judäa, von Galiläa bis
nach Jerusalem!«

22,69 S. Psalm 110,1.

6»Der Mann ist also ein Galiläer?«, fragte Pilatus. 7Als sie
das bestätigten, ließ Pilatus Jesus zu Herodes Antipas brin-
gen, denn Galiläa unterstand seiner Rechtsprechung und
Herodes hielt sich gerade in Jerusalem auf.

8Herodes freute sich sehr, Jesus kennen zu lernen. Er hat-
te schon viel von ihm gehört und immer gehofft, einmal
Zeuge eines seiner Wunder zu werden. 9Er stellte Jesus eine
Frage nach der anderen, aber Jesus gab keine Antwort.
10Währenddessen standen die obersten Priester und Schrift-
gelehrten dabei und brachten mit lauter Stimme ihre Ankla-
gen vor. 11Da begannen Herodes und seine Soldaten Jesus zu
verhöhnen und zu verspotten. Sie legten ihm ein prächtiges
Gewand an und schickten ihn zu Pilatus zurück. 12An diesem
Tag wurden Herodes und Pilatus, die bis dahin verfeindet
gewesen waren, Freunde.

13Pilatus berief die obersten Priester und Schriftgelehrten
und das Volk ein 14und gab sein Urteil bekannt. »Ihr habt mir
diesen Mann vorgeführt und ihn beschuldigt, das Volk aufzu-
hetzen. Ich habe ihn in eurer Anwesenheit gründlich befragt
und habe keine Schuld an ihm gefunden. 15Herodes ist zum
gleichen Schluss gelangt und hat ihn zu uns zurückbringen
lassen. Dieser Mann hat nichts getan, wofür er den Tod ver-
dient. 16Ich werde ihn auspeitschen lassen und danach lasse
ich ihn frei.«*

18Da ging ein Aufschrei durch die Menge, und die Leute
riefen wie aus einem Mund: »Töte ihn und gib Barabbas
frei!« 19Barabbas war verhaftet worden, weil er einen Mord
begangen hatte und an einem Volksaufstand in Jerusalem
beteiligt gewesen war. 20Pilatus redete ihnen zu, denn er

23,16 In manchen Handschriften folgt Vers 17: *Denn er musste ihnen aus Anlass des Festes einen [Gefangenen] freilassen.*

wollte lieber Jesus freilassen. 21Aber sie schrien nur: »Kreu-
zige ihn! Kreuzige ihn!«
22Zum dritten Mal wandte er ein: »Warum? Welches Ver-
brechen hat er begangen? Ich habe keinen Grund gefunden,
ihn zum Tod zu verurteilen. Ich werde ihn auspeitschen las-
sen und dann freigeben.«
23Aber die Menge schrie noch lauter und verlangte seine
Kreuzigung. Sie übertönten Pilatus mit ihrem Geschrei.
24Da verurteilte Pilatus Jesus zum Tod, wie sie es verlangten.
25Auf ihren Wunsch ließ er Barabbas frei, den Mann, der we-
gen Aufruhr und Mord im Gefängnis saß. Jesus dagegen lie-
ferte er ihnen aus, wie sie es gefordert hatten.

Die Kreuzigung

26Als sie Jesus abführten, kam Simon aus Kyrene* gerade vom
Feld zurück. Sie zwangen ihn, hinter Jesus herzugehen und
ihm sein Kreuz zu tragen. 27Ihnen schloss sich eine große
Menschenmenge an, darunter viele trauernde, wehklagende
Frauen. 28Doch Jesus wandte sich um und sagte zu ihnen:
»Töchter Jerusalems, weint nicht um mich, sondern klagt
über euch selbst und eure Kinder. 29Denn es kommt die Zeit,
da werden sie sagen: ›Glücklich sind die Frauen, die kinder-
los geblieben sind, deren Körper nie ein Kind geboren und
deren Brüste keinen Säugling gestillt haben.‹ 30Die Men-
schen werden die Berge anflehen, auf sie zu fallen, und die
Hügel, sie unter sich zu begraben. 31Denn wenn dies schon
mit dem grünen Holz geschieht, wie wird es dann erst dem
toten Holz ergehen?*«

23,26 Kyrene war eine Stadt in Nordafrika. **23,31** O. *Wenn diese Dinge dem lebendigen Baum widerfahren, wie wird es dann erst dem verdorrten Baum ergehen?*

[32]Auch zwei andere Männer, beides Verbrecher, wurden
abgeführt, um mit ihm hingerichtet zu werden. [33]Schließlich
kamen sie an einen Ort, der Schädelstätte* heißt. Dort wur-
den alle drei gekreuzigt – Jesus in der Mitte und die zwei
Verbrecher rechts und links von ihm.

[34]Jesus sagte: »Vater, vergib diesen Menschen, denn sie
wissen nicht, was sie tun.«* Und die Soldaten würfelten* um
seine Kleider.

[35]Das Volk schaute zu, während die führenden Männer
lachten und spotteten. »Er hat andere gerettet«, sagten sie.
»Soll er sich jetzt doch selbst retten, wenn er wirklich Got-
tes Auserwählter, der Christus, ist.« [36]Auch die Soldaten ver-
höhnten ihn. Sie gaben ihm Weinessig zu trinken und [37]rie-
fen ihm zu: »Wenn du der König der Juden bist, rette dich
doch selbst!« [38]Über ihm am Kreuz wurde eine Inschrift mit
den Worten angebracht: »Dies ist der König der Juden.«

[39]Einer der Verbrecher, die neben ihm hingen, spottete:
»Du bist also der Christus? Beweise es, indem du dich ret-
test – und uns mit!«

[40]Doch der andere mahnte: »Hast du nicht einmal jetzt
Ehrfurcht vor Gott, da du den Tod vor Augen hast? [41]Wir
haben für unsere Vergehen den Tod verdient, aber dieser
Mann hat nichts Unrechtes getan.« [42]Dann sagte er: »Jesus,
denk an mich, wenn du in dein Reich kommst.«

[43]Da antwortete Jesus: »Ich versichere dir: Heute noch
wirst du mit mir im Paradies sein.«

23,33 Manchmal übersetzt mit *Kalvarienberg*, nach dem lateinischen Wort *calvaria*, d. h. »Schädel«. **23,34a** Dieser Satz ist in vielen frühen Handschriften nicht enthalten. **23,34b** Griech. *warfen Lose;* s. Psalm 22,19.

Jesus stirbt

[44]Inzwischen war es Mittag geworden, und Dunkelheit legte
sich über das ganze Land bis um drei Uhr nachmittags. [45]Die
Sonne hatte sich verfinstert. Plötzlich zerriss der Vorhang
im Tempel. [46]Jesus rief: »Vater, ich lege meinen Geist in dei-
ne Hände!«* Und mit diesen Worten starb er.*
[47]Der Hauptmann der römischen Soldaten, der die Hin-
richtung überwachte, sah, was geschehen war, lobte Gott
und sagte: »Dieser Mann war wirklich unschuldig*.« [48]Und
die vielen Zuschauer, die zur Kreuzigung gekommen waren
und alles miterlebt hatten, was geschehen war, gingen voll
Reue* wieder nach Hause. [49]Aber die Freunde von Jesus, un-
ter ihnen die Frauen, die ihm aus Galiläa gefolgt waren,
schauten aus einiger Entfernung zu.

Das Begräbnis

[50]Nun lebte dort ein gütiger und gerechter Mann mit Na-
men Josef. Er war ein Mitglied des Hohen Rats, [51]doch er
war mit der Entscheidung und dem Vorgehen der anderen
Ratsmitglieder nicht einverstanden gewesen. Er stammte
aus der Stadt Arimathäa in Judäa und wartete auf das Kom-
men des Reiches Gottes. [52]Dieser Josef ging zu Pilatus und
bat um den Leichnam von Jesus. [53]Dann nahm er ihn vom
Kreuz, hüllte ihn in ein langes Leinentuch und legte ihn in
ein neues Grab, das in einen Felsen gehauen war. [54]Dies ge-
schah am späten Freitagnachmittag, dem Rüsttag* für den
Sabbat.
[55]Als sein Leichnam fortgebracht wurde, folgten die Frau-
en aus Galiläa und sahen das Grab, in das sie ihn legten.

23,46a Psalm 31,6. **23,46b** Griech. *hauchte er den Geist aus.*
23,47 O. *gerecht.* **23,48** Griech. *schlugen sich an die Brust und gingen …*
23,54 Griech. *am Tag der Vorbereitung.*

56 Dann gingen sie nach Hause und bereiteten Kräuter und
Öle vor, um ihn damit einzubalsamieren. Doch als sie mit
den Vorbereitungen fertig waren, war der Sabbat angebro-
chen, und sie ruhten den ganzen Tag, wie es im Gesetz vor-
geschrieben ist.

Die Auferstehung

24 Früh am Sonntagmorgen* gingen die Frauen zum
Grab und brachten die Öle mit, die sie vorbereitet
hatten. 2 Sie sahen, dass der Stein, der den Eingang ver-
schlossen hatte, weggerollt war. 3 So gingen sie in die Grab-
höhle hinein, konnten aber den Leichnam von Jesus, dem
Herrn, nicht finden. 4 Sie waren ratlos und überlegten, was
geschehen sein konnte. Plötzlich standen zwei Männer in
strahlenden Gewändern neben ihnen. 5 Die Frauen erschra-
ken und verneigten sich vor ihnen. Da fragten die Männer:
»Warum sucht ihr den Lebenden bei den Toten? 6 Er ist
nicht hier! Er ist auferstanden! Erinnert ihr euch nicht, wie
er euch in Galiläa sagte, 7 dass der Menschensohn in die
Hände sündiger Menschen übergeben und gekreuzigt wer-
den muss und dass er am dritten Tag wieder auferstehen
wird?«

8 Da erinnerten sie sich, dass er das gesagt hatte. 9 Sie liefen
schnell zurück, um den elf Jüngern – und allen anderen – zu
berichten, was geschehen war. 10 Die Frauen, die zum Grab

24,1 Griech. *Doch am ersten Tag der Woche, ganz früh am Morgen.*

gegangen waren, waren Maria Magdalena, Johanna und Ma-
ria, die Mutter von Jakobus und mehrere andere. Sie erzähl-
ten den Aposteln, was geschehen war, [11]doch für diese klang
die Geschichte völlig unsinnig, deshalb glaubten sie ihnen
nicht. [12]Nur Petrus lief trotzdem zum Grab, um nachzuse-
hen. Dort angekommen, beugte er sich vor, um einen Blick
hineinzuwerfen, und sah die losen Leinentücher; dann ging
er weg und fragte sich verwundert, was geschehen war.*

Auf dem Weg nach Emmaus

[13]Am gleichen Tag waren zwei Jünger von Jesus unterwegs
nach Emmaus, einem Dorf, das etwa elf Kilometer* von Je-
rusalem entfernt lag. [14]Auf dem Weg sprachen sie über alles,
was geschehen war. [15]Plötzlich kam Jesus selbst, schloss sich
ihnen an und ging mit ihnen. [16]Aber sie wussten nicht, wer
er war, weil Gott verhinderte, dass sie ihn erkannten.

[17]»Worüber redet ihr«, fragte Jesus. »Was beschäftigt
euch denn so?«

Da blieben sie voller Traurigkeit stehen. [18]Einer von ihnen,
Kleopas, sagte: »Du bist wohl der einzige Mensch in Jerusa-
lem, der nicht gehört hat, was sich dort in den letzten Tagen
ereignet hat.«

[19]»Was waren das für Ereignisse?«, fragte Jesus.

»Das, was mit Jesus von Nazareth geschehen ist«, sagten
sie. »Er war ein Prophet, der vor Gott und dem ganzen Volk
erstaunliche Wunder tat und mit großer Vollmacht lehrte.
[20]Doch unsere obersten Priester und die anderen Ältesten ha-
ben ihn verhaftet, den Römern ausgeliefert und zum Tod ver-
urteilen lassen, und er wurde gekreuzigt. [21]Wir hatten gehofft,
er sei der Christus, der Israel retten und erlösen wird. Das al-

24,12 In manchen Handschriften fehlt dieser Vers. **24,13** Griech. *60 Stadien;* das sind 11,1 km.

les geschah vor drei Tagen. [22]Aber heute Morgen waren einige
Frauen aus unserer Gemeinschaft schon früh an seinem Grab
und kamen mit einem erstaunlichen Bericht zurück. [23]Sie sag-
ten, sein Leichnam sei nicht mehr da, und sie hätten Engel ge-
sehen, die ihnen sagten, dass Jesus lebt! [24]Einige von uns liefen
hin, um nachzuschauen, und tatsächlich war der Leichnam
von Jesus verschwunden, wie die Frauen gesagt hatten.«

[25]Darauf sagte Jesus zu ihnen: »Was seid ihr doch für un-
verständige Leute! Es fällt euch so schwer zu glauben, was
die Propheten in der Schrift gesagt haben. [26]Haben sie nicht
angekündigt, dass der Christus alle diese Dinge erleiden
muss, bevor er verherrlicht wird?« [27]Und er begann bei
Mose und den Propheten und erklärte ihnen alles, was in
der Schrift über ihn geschrieben stand.

[28]Mittlerweile näherten sie sich ihrem Ziel, dem Dorf
Emmaus. Es schien so, als ob Jesus weitergehen wollte,
[29]doch sie baten ihn inständig, über Nacht bei ihnen zu blei-
ben, da es schon dunkel wurde. Da trat er mit ihnen ins
Haus. [30]Als sie sich hinsetzten, um zu essen, nahm er das
Brot, segnete es, brach es und gab es ihnen. [31]Da gingen ih-
nen die Augen auf und sie erkannten ihn. Doch im selben
Augenblick verschwand er!

[32]Sie sagten zueinander: »War es uns nicht seltsam warm
ums Herz*, als er unterwegs mit uns sprach und uns die
Schrift auslegte?« [33]Und sofort brachen sie auf und gingen
nach Jerusalem zurück, wo die elf Jünger und die, die bei ih-
nen waren, sich versammelt hatten. Als sie ankamen, wur-
den sie mit der Nachricht empfangen: [34]»Der Herr ist tat-
sächlich auferstanden! Er ist Petrus* erschienen!«

24,32 Griech. *Brannte nicht unser Herz in uns.* **24,34** Griech. *Simon.*

Jesus erscheint den Jüngern

35 Da erzählten auch die beiden Jünger aus Emmaus ihre Ge-
schichte, wie Jesus unterwegs mit ihnen gesprochen hatte
und wie sie ihn erkannt hatten, als er das Brot brach. 36 Und
während sie noch sprachen, stand Jesus plötzlich selbst mit-
ten unter ihnen und sagte: »Friede sei mit euch!«* 37 Doch
sie hatten alle schreckliche Angst, weil sie dachten, sie sähen
einen Geist! 38 »Warum fürchtet ihr euch so?«, fragte er.
»Warum zweifelt ihr, wer ich bin? 39 Seht euch meine Hände
an. Seht euch meine Füße an. Ihr könnt doch sehen, dass ich
es wirklich bin. Berührt mich und vergewissert euch, dass
ich kein Geist bin; denn ein Geist hat keinen Körper, und
ich habe einen, wie ihr seht!« 40 Bei diesen Worten hielt er
ihnen seine Hände hin und zeigte ihnen seine Füße.*

41 Noch immer standen sie voller Zweifel und Freude da.
Er fragte sie: »Habt ihr etwas zu essen da?« 42 Sie reichten
ihm ein Stück gebratenen Fisch, 43 und er aß ihn vor ihren
Augen.

44 Dann sagte er: »Als ich bei euch war, habe ich euch er-
klärt, dass alles, was bei Mose, bei den Propheten und in den
Psalmen über mich geschrieben steht, in Erfüllung gehen
muss.« 45 Nun öffnete er ihnen den Blick für das Verständnis
dieser Schriften. 46 Er sagte: »Es wurde vor langer Zeit aufge-
schrieben, dass der Christus leiden und sterben und am drit-
ten Tag auferstehen muss. 47 Geht in seinem Namen zu allen
Völkern, angefangen in Jerusalem, ruft sie zur Umkehr auf,
damit sie Vergebung der Sünden erhalten. 48 Für all dies seid
ihr meine Zeugen.

49 Und nun werde ich euch den Heiligen Geist senden, wie
mein Vater es versprochen hat. Ihr aber bleibt hier in der

24,36 In manchen Handschriften fehlt der Satz *Er sagte: »Friede sei mit euch.«* **24,40** In manchen Handschriften fehlt dieser Vers.

Stadt, bis der Heilige Geist kommen und euch mit Kraft aus
dem Himmel erfüllen wird.«

Die Himmelfahrt

[50]Dann führte Jesus sie nach Betanien. Dort hob er die Hän-
de zum Himmel und segnete sie. [51]Noch während er sie seg-
nete, verließ er sie und wurde in den Himmel hinaufgeho-
ben.* [52]Sie beteten ihn an und* kehrten danach voll großer
Freude nach Jerusalem zurück. [53]Und sie hielten sich die
ganze Zeit über im Tempel auf und priesen Gott.

24,51 In manchen Handschriften fehlt die Wendung *und wurde in den Himmel hinaufgehoben.* **24,52** In manchen Handschriften fehlt die Wendung *beteten ihn an und.*

Ideen für den *Heiligen Abend*

So könnte der Heiligabend aussehen …

16:00 Uhr	Familien-Gottesdienst
18:00 Uhr	Lesung der Weihnachtsgeschichte (hier im Buch ab S. 120)
18:15 Uhr	Lieder (Singen oder Hören)
18:30 Uhr	Bescherung
19:30 Uhr	Abendessen
22:00 Uhr	Spät-Gottesdienst oder Abendspaziergang (zum Verdauen …)

Gottesdienste …

… gibt es am Heiligabend in allen christlichen Kirchen, die Zeiten werden in der Zeitung bekannt gegeben. In einigen Kirchen ist es üblich, am Nachmittag einen Familiengottesdienst zu feiern, der vorrangig auf Kinder ausgerichtet ist, und am späteren Abend einen weiteren Gottesdienst anzubieten, der mehr der Besinnung gewidmet ist. Auch am ersten und zweiten Feiertag werden häufig Gottesdienste angeboten, sowie am letzten Tag des alten Jahres.

Lieder

Wer gern selbst singt und vielleicht eine Gitarre oder ein Klavier zur Verfügung hat, dem bieten verschiedenste Notenausgaben der Weihnachtslieder eine breite Palette von klassisch bis modern. Auch auf CD gibt es eine Vielzahl von Möglichkeiten, die Botschaft von Weihnachten zu hören. Hinten im Buch finden Sie eine kleine Auswahl.

Geschenke

Viele Menschen sehen in der Konsumschlacht vor den Feiertagen keinen Sinn, drängen die Geschenkberge doch oft den eigentlichen Sinn von Weihnachten in den Hintergrund. Und doch haben die Geschenke eine schöne Tradition, indem sie an das einzigartige Geschenk erinnern, das Jesus uns gemacht hat. Ein Vorschlag für die Bescherung ist, dass jeder Anwesende ein Geschenk auspackt, während die anderen warten und sich dann mit dem Beschenkten freuen. Auch eine interessante Alternative besteht im Spenden des Geschenkwertes an eine humanitäre Organisation.

O du fröhliche

Text Strophe 1: Johannes Falk, 1768-1826
Strophe 2 und 3: Heinrich Holzschuher, 1798-1847
Melodie: Sizilien vor 1789/ bei Johann Gottfried Herder, 1803

Schon gewusst …?

Adventskalender

Der Adventskalender soll die Zeit des Wartens auf Heiligabend verkürzen. Ursprünglich entstand der Adventskalender im Laufe des 19. Jahrhunderts in protestantischen Kreisen als einfacher Strichkalender: 24 Kreidestriche zum Wegwischen bis zum Heiligabend.

Weihnachtsbaum

Erstmals erwähnt wird ein Weihnachtsbaum bereits im Jahr 1419, zum allgemeinen Brauchgut in Kirchen gehörte er ab ca. 1600. Der Weihnachtsbaum war bis ins 19. Jahrhundert hinein nur an Fürstenhöfen bzw. im Bürgertum zu finden, da sich sonst niemand die teuren Bäume leisten konnte, die von weither eingeführt werden mussten.

Bescherung

Die Bescherung wurde von den Protestanten, die keine Heiligenverehrung kennen, vom Nikolaustag auf den Weihnachtstag verlegt. Hier entstand dann auch das Bild vom Christkind, das die Geschenke bringt.

Heute rückt beim Schenken häufig der Gedanke in den Vordergrund, dass sich Jesus uns Menschen schenkte, indem er auf die Erde kam.

Weihnachtsmann

Nach 1800 wurde aus dem strafenden Begleiter von Nikolaus, Knecht Ruprecht, der Weihnachtsmann, der das Christkind in verschiedenen Gegenden Deutschlands ersetzte. 1931 startete die Coca Cola Company eine Werbekampagne mit dem weißbärtigen Weihnachtsmann im roten Mantel – die Darstellung hat sich bis heute in den Köpfen der Menschen festgesetzt.

Krippen

Krippendarstellungen gibt es seit dem 11. Jahrhundert; in Bozen wurde um das Jahr 1200 herum die erste deutsche Krippendarstellung gezeigt. Zunächst blieben die Darstellungen auf die Kirchen beschränkt, erst als sie dort verboten wurden, hielten Krippen Einzug in Privathäuser. Bis der Weihnachtsbaum an Bedeutung gewann, waren Krippen das zentrale Element der katholischen Weihnachtsfeier.

Heilige Drei Könige

Die traditionellen »Heiligen Drei Könige« sind laut der biblischen Aussagen keine Könige, sondern Magier aus einem Land im Osten gewesen (Matthäus-Evangelium Kapitel 2, Vers 1). Auch über ihre Anzahl ist nichts in der Bibel zu finden. Tatsache ist, dass sie die weite Reise zurücklegten, um den neugeborenen König der Juden zu sehen. Über seine Geburt hatte ihnen ein hell leuchtender Stern Auskunft gegeben.

Die Oma kriegt Melissengeist

Der Wert unserer Geschenke richtet sich danach, was uns der andere wert ist. Die Freundin kriegt eine Flasche Chanel Nr. 5. Die Frau eine Flasche Livio-Öl. Die Oma eine Flasche Klosterfrau-Melissengeist. Die Nachbarin, die alte Flasche, kriegt gar nichts. Wer lieb war, kriegt was. Von wem wir nichts haben, der hat nichts von uns zu erwarten.

Bei Gott ist das anders. Der beschenkt alle. Der fragt nicht, wie der Weihnachtsmann, ob wir artig waren, sondern gibt jedem das gleiche Geschenk. Weil er jeden gleich liebt. Er gibt sich selber: Gott wird Mensch. Das feiern wir zu Weihnachten: Dass Gott Mensch geworden ist. Das ist der absolute Hit: Gott klinkt sich nicht aus, sondern hängt sich bei uns rein. Er zieht sich nicht in einen himmlischen Schmollwinkel zurück. Er sagt nicht, wie der letzte sächsische König: »Macht euren Dreck alleene.« Sondern er, der König der Welt, kommt im Dreck eines Kuhstalls zur Welt. Um uns den Dreck unseres Lebens eigenhändig wegzuräumen.

(Dr. Theo Lehmann, Pfarrer i.R. in Chemnitz)

Ich steh an deiner Krippen hier hier

Text: Paul Gerhardt, 1607-1676
Melodie: Johann Sebastian Bach, 1685-1750

1. lass dir's wohl - ge - fal - len.
2. du mein woll - test___ wer - den.
3. schön sind dei - ne___ Strah - len!
4. ich dich möch - te___ fas - sen!

5. Wann oft mein Herz im Leibe weint und keinen Trost kann finden,
rufst du mir zu: „Ich bin dein Freund, ein Tilger deiner Sünden.
Was trauerst du, o Bruder mein? Du sollst ja guter Dinge sein,
ich zahle deine Schulden."

6. O dass doch so ein lieber Stern soll in der Krippen liegen!
Für edle Kinder großer Herrn gehören güldne Wiegen.
Ach Heu und Stroh ist viel zu schlecht, Samt, Seide, Purpur wären recht,
dies Kindlein drauf zu legen!

7. Nehmt weg das Stroh, nehmt weg das Heu, ich will mir Blumen holen,
dass meines Heilands Lager sei auf lieblichen Violen;
mit Rosen, Nelken, Rosmarin aus schönen Gärten will ich ihn
von oben her bestreuen.

8. Du fragest nicht nach Lust der Welt noch nach des Leibes Freuden;
du hast dich bei uns eingestellt, an unsrer Statt zu leiden,
suchst meiner Seele Herrlichkeit durch Elend und Armseligkeit;
das will ich dir nicht wehren.

9. Eins aber, hoff ich, wirst du mir, mein Heiland, nicht versagen:
dass ich dich möge für und für in, bei und an mir tragen.
So lass mich doch dein Kripplein sein; komm, komm und lege bei mir ein
dich und all deine Freuden.

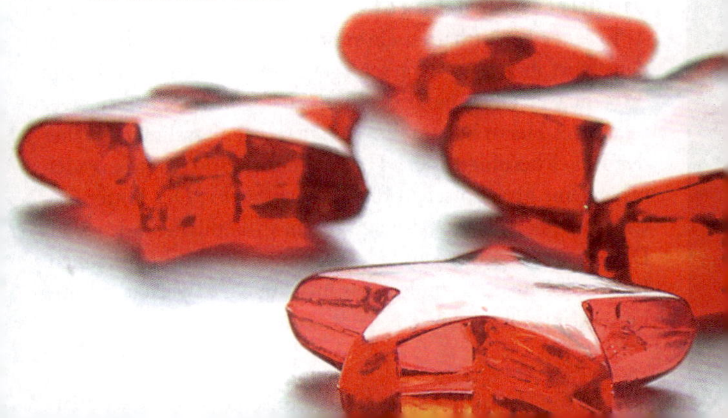

Biblischer Weihnachtstext …

(Lukas, Kapitel 2, Verse 1-20)

… mit Anmerkungen

Jesus wird geboren

Zu jener Zeit ordnete der römische Kaiser Augustus eine
Volkszählung im ganzen Römischen Reich an. 2Dies war die ers-
te Volkszählung; sie wurde durchgeführt, als Quirinius Statt-
halter von Syrien war. 3Alle Menschen kehrten in ihre Heimat-
stadt zurück, um sich für die Zählung eintragen zu lassen. 4Weil
Josef ein Nachkomme Davids war, musste er nach Bethlehem
in Judäa, in die Stadt Davids, reisen. Von Nazareth in Galiläa
aus machte er sich auf den Weg 5und nahm seine Verlobte Ma-
ria mit, die hochschwanger war.

6Als sie in Bethlehem waren, kam die Zeit der Geburt heran.
7Maria gebar ihr erstes Kind, einen Sohn. Sie wickelte ihn in
Windeln und legte ihn in eine Futterkrippe, weil es im Gast-
haus keinen Platz für sie gab.

Die Hirten und Engel

8In jener Nacht hatten ein paar Hirten auf den Feldern vor
dem Dorf ihr Lager aufgeschlagen, um ihre Schafe zu hüten.
9Plötzlich erschien ein Engel des Herrn in ihrer Mitte. Der
Glanz des Herrn umstrahlte sie. Die Hirten erschraken, 10aber
der Engel beruhigte sie. »Habt keine Angst!«, sagte er. »Ich
bringe eine gute Botschaft für alle Menschen! 11Der Retter – ja,
Christus*, der Herr – ist heute Nacht in Bethlehem, der Stadt
Davids, geboren worden! 12Und daran könnt ihr ihn erkennen:
Ihr werdet ein Kind finden, das in Windeln gewickelt in einer
Futterkrippe liegt!«

[13]Auf einmal war der Engel von den himmlischen Heerscharen umgeben, und sie alle priesen Gott mit den Worten:

[14]»Ehre sei Gott im höchsten Himmel und Frieden auf Erden für alle Menschen, an denen Gott Gefallen hat*.«

[15]Als die Engel in den Himmel zurückgekehrt waren, sagten die Hirten zueinander: »Kommt, gehen wir nach Bethlehem! Wir wollen das Wunder, von dem der Herr uns erzählen ließ, mit eigenen Augen sehen.«

[16]Sie liefen so schnell sie konnten ins Dorf und fanden Maria
und Josef und das Kind in der Futterkrippe. [17]Da erzählten die
Hirten allen, was geschehen war und was der Engel ihnen über
dieses Kind gesagt hatte. [18]Alle Leute, die den Bericht der Hir-
ten hörten, waren voller Staunen. [19]Maria aber bewahrte alle
diese Dinge in ihrem Herzen und dachte oft darüber nach.
[20]Die Hirten kehrten zu ihren Herden auf den Feldern zurück;
sie priesen und lobten Gott für das, was der Engel ihnen gesagt
hatte und was sie gesehen hatten. Alles war so, wie es ihnen angekündigt worden war.

»Ehre sei Gott
im höchsten Himmel
und Frieden auf Erden
für alle Menschen,
an denen Gott Gefallen hat.«

2,1 Lukas ist der einzige Schreiber eines Evangeliums, der die Ereignisse, über die er berichtet, mit den Ereignissen der Weltgeschichte in Verbindung bringt. Seine Aufzeichnungen richteten sich vorwiegend an griechische Leser, die mit den politischen Verhältnissen vertraut waren und sich dafür interessierten. Palästina befand sich in römischer Hand; Kaiser Augustus, der erste römischer Kaiser, war an der Macht. Die römischen Herrscher, die als Götter betrachtet wurden, bildeten einen scharfen Kontrast zu dem kleinen Baby in einem Stall, das wahrhaftig der Mensch gewordene Gott war.

2,1 Eine römische Volkszählung (Eintragung) diente als Grundlage für militärische Einberufungen und Steuererhebungen. Die Juden mussten zwar nicht in der römischen Armee dienen, aber sie konnten sich der Zahlung von Steuern nicht entziehen. Der Erlass des Kaisers Augustus erfolgte zu Gottes vollkommenem Zeitpunkt und entsprach genau seinem Plan, seinen Sohn in die Welt zu bringen.

2,3-6 Die Regierung zwang Josef zu einer langen Reise, nur, damit er seine Steuern zahlte. Seine Verlobte, die mit ihm reisen musste, konnte jeden Augenblick ihr Baby zur Welt bringen. Doch als die beiden in Bethlehem ankamen, fanden sie nicht einmal eine Unterkunft. Wenn wir Gottes Willen tun, haben wir keine Garantie für ein bequemes Leben. Aber es wird uns zugesagt, dass alles – selbst unsere Unannehmlichkeiten – eine Bedeutung in Gottes Plan haben.

2,4 Gott hat die gesamte Geschichte in seiner Hand. Durch den Erlass des Kaisers Augustus wurde Jesus genau in der Stadt geboren, die für seine Geburt prophezeit worden war (Micha 5,1), obwohl seine Eltern nicht in dieser Stadt wohnten.

2,4 Maria und Josef waren beide Nachkommen Davids. Das Alte Testament enthält viele Prophetien darüber, dass der Christus aus der königlichen Abstammungslinie Davids hervorgehen würde (siehe zum Beispiel Jesaja 11,1; Jeremia 33,15; Hesekiel 37,24; Hosea 3,5).

2,7 Stoffstreifen wurden benutzt, um ein Baby warm zu halten und um ihm ein Gefühl der Sicherheit zu geben. Man glaubte, dass solche Stoffstreifen seine inneren Organe schützten. Noch heute ist es in vielen Ländern des Mittleren Ostens üblich, Säuglinge in dieser Art zu wickeln.

2,7 Der Hinweis auf die Krippe bildet die Grundlage für den traditionellen Glauben, dass Jesus in einem Stall geboren wurde. Ställe waren in der damaligen Zeit oft Höhlen mit Futtertrögen (Krippen), die man in den Felsen geschlagen hatte. Im Gegensatz zu den verbreiteten Darstellungen auf Weihnachtskarten handelte es sich um eine düstere und schmutzige Umgebung. Das war nicht die Atmosphäre, die die Juden für den Geburtsort ihres messianischen Königs erwartet hatten. Sie dachten, der verheißene Christus würde in einer königlichen Umgebung zur Welt kommen. Gott handelt oft anders, als wir es erwarten. Er wirkt überall dort, wo er in unserer durch die Sünde verfinsterten und verunreinigten Welt gebraucht wird.

2,7 Zwar sehen wir Jesus zuerst als Baby in einem Stall, aber dieser Anblick darf nicht unser letzter bleiben. Das Christuskind in der Krippe steht immer wieder im Mittelpunkt bewegender Weihnachtsdarstellungen, aber wir können es nicht bei diesem Bild bewenden lassen. Dieses kleine, hilflose Baby führte ein erstaunliches Leben, starb für uns, fuhr in den Himmel auf und wird als König aller Könige wiederkommen. Christus wird die Welt regieren und alle Menschen danach richten, wie sie sich ihm gegenüber entschieden haben. Stellen Sie sich Jesus immer noch als Baby in einer Krippe vor – oder ist er Ihr Herr?

2,8 Gott fuhr fort, seinen Sohn zu offenbaren – aber nicht den Menschen, bei denen wir es erwartet hätten. Lukas berichtet, dass die Geburt von Jesus einigen Hirten auf den Feldern verkündigt wurde. Vielleicht waren es die Hirten, die die Opferlämmer für den Tempel lieferten, die zur Vergebung der Sünden geopfert wurden. Nun lud der Engel diese Hirten ein, das Lamm Gottes zu begrüßen (Johannes 1,36), das die Sünden der ganzen Welt ein für allemal wegnehmen würde.

2,8-15 Was für eine Geburtsankündigung! Die Hirten gerieten in Furcht, aber ihre Angst verwandelte sich in Freude, als die Engel die Geburt des Christus verkündeten. Zuerst liefen die Hirten zum Stall, um das Baby zu sehen, dann verbreiteten sie die gute Nachricht. Jesus ist auch Ihr Erlöser!

2,9-10 Das größte Ereignis der Geschichte hatte gerade stattgefunden! Der Christus war geboren! Seit Jahrhunderten hatten die Juden auf diesen Augenblick gewartet – und als es endlich soweit war, wurde die Neuigkeit bescheidenen Hirten verkündet. Die gute Botschaft über Jesus lautet, dass er zu allen Menschen kommt, auch zu den einfachen und gewöhnlichen. Er kommt zu jedem, dessen Herz demütig genug ist ihn anzunehmen. Wer immer Sie sind und was immer Sie auch tun: Sie können erfahren, dass Jesus in Ihr Leben kommt. Glauben Sie nicht, dass Sie dazu irgendwelche besonderen Qualifikationen brauchen – er nimmt Sie so an, wie Sie sind.

2,11-14 Einige Juden warteten auf einen Retter, der sie von der römischen Herrschaft befreien würde, andere hofften, dass der Christus sie von körperlichen Krankheiten und Schwächen befreien würde. Aber Jesus heilte nicht nur ihre Krankheiten und errichtete ein geistliches Königreich, sondern er befreite sie vor allem von der Sünde. Sein Werk ist viel umfassender, als irgendjemand es sich hätte vorstellen können. Christus zahlte den Preis für die Sünde und öffnete einen Weg zum Frieden mit Gott. Er bietet uns weit mehr als vergängliche politische oder physische Veränderungen – er bietet uns neue Herzen, die in Ewigkeit bestehen werden.

2,14 Die Geschichte der Geburt von Jesus hat einen Klang, der Komponisten schon seit 2.000 Jahren inspiriert. Das Loblied der Engel – nach dem ersten Wort der lateinischen Übersetzung oft »Gloria« genannt – ist die Grundlage vieler moderner Chorwerke, traditioneller Weihnachtslieder und alter, liturgischer Gesänge.

(Auszug aus: »Begegnung fürs Leben. Die Studienbibel für jeden Tag«, Hänssler Verlag, ISBN 3-7751-3600-2)

STOLLEN *Stollen*

Der Stollen symbolisierte ursprünglich das eingewickelte Jesuskind. Es gibt ihn in den verschiedensten Variationen – als Hefeteig, Quarkteig, mit Marzipan, Orangeat und Zitronat, mit Rosinen und, und, und … Hier ein einfaches Rezept mit Quark:

Zutaten:

500g	Mehl
1 P.	Backpulver
200g	Zucker
1 P.	Vanillezucker
1 Prise	Salz
4 Tr.	Bittermandel-Aroma
1 Fl.	Rum-Aroma
4 Tr.	Zitronen-Aroma
2	Eier
125g	kalte Butter
250g	Topfen (Quark)
125g	Korinthen
125g	Rosinen
125g	gem. Mandeln
50g	zerlassene Butter zum Bestreichen

Puderzucker zum Bestäuben

Zubereitung:

Einen Teil des Mehls, Zucker, Gewürze und Eier verrühren. Die Butter in Stücken dazugeben und verkneten. Den Quark durch ein Sieb passieren und mit dem Teig verkneten. Rosinen und Mandeln unterheben und mit dem Rest Mehl den Teig schnell zu einer gleichmäßigen Masse verkneten. Einen Stollen formen und bei 160°C im vorgeheizten Backofen ca. 75 Min. backen. Sofort aus dem Ofen nehmen und auskühlen lassen. Mit der zerlassenen Butter bestreichen und mit Puderzucker bestäuben.

In Alufolie aufbewahren.

WEIHNACHTEN – UND DANN?

Weihnachten ist *das* Fest in der westlichen Welt. Kinder erwarten fiebernd den Tag der Geschenke, Erwachsene freuen sich über die Gelegenheit, die Familie zu treffen. Doch jedes Jahr ist die Zeit zum Jahresende auch eine Zeit der dunklen Depressionen, der hässlichen Streitigkeiten und der schrecklichsten Selbstmorde. Abseits von allem Konsumwahn, dem wir fast hilflos verfallen, sehen viele Menschen im Fest der Feste keinen Sinn. Mehr noch, es ist ihnen ein Anlass zur Frustration geworden. Warum? Weil das »Fest der Liebe« in einer Zeit der Trennungen und des Alleinseins wie blanker Hohn erscheint? Oder weil die Einsamkeit unerträglich wird, wenn die anderen zur Familienfeier schreiten? Kann Weihnachten heute noch einen Sinn haben?

Wir sollten uns vergegenwärtigen, dass es eine Erfindung unserer Vorväter ist, Weihnachten zum wichtigsten Fest des Jahres zu machen. Diese Erhebung hat nichts mit der biblischen Wahrheit zu tun. Natürlich gebührt es Jesus anlässlich seiner Geburt ein Fest zu feiern, und natürlich ist es gut, wenn wir uns daran erinnern. Aber Gott ist bei Weihnachten nicht stehen geblieben. Selbst wenn in dieser Nacht schon einige wenige Menschen verstanden haben, dass das Baby der Retter der Welt ist, so hat sich dies doch erst Jahre später erwiesen. Jesus war ungefähr 30 Jahre alt, als er öffentlich zu wirken begann, und er tat dies nur für drei Jahre. In dieser Zeit heilte er unzählige Kranke von schwersten Gebrechen, gab Kraftlosen neuen Mut und erzählte von Gott und der Liebe, die er zu den Menschen hat. Scharen von Menschen folgten Jesus, dem Mann, der nicht ins Bild der jüdischen Gesellschaft und noch weniger in das des erwarteten Messias, des Retters, passte. Deshalb ließen erboste Führer des jüdischen Volkes Jesus hinrichten. Er starb am Kreuz – das feiern wir zu Ostern (und erst langsam begreifen die Hersteller von Konsumartikeln, dass sich auch mit diesem Fest trefflich Geld verdienen lässt). Doch der Tod von Jesus war keine Niederlage, sondern entsprach Gottes Plan. Jesus starb, damit alle Menschen leben können. Damit keiner mehr aufgrund seiner Schuld den gerechtfertigten Tod sterben muss. Denn jeder Mensch ist vor Gott schuldig geworden, und es reicht Gott nicht, wenn man trotzdem ein guter Mensch ist. Das wusste Jesus, und da er ohne Schuld war als Gottes Sohn, hat er den Tod stellvertretend für alle anderen Menschen ertragen. Allein.

Doch auch mit dem Tod von Jesus ist seine Geschichte noch nicht zu Ende. Jesus steht von den Toten auf und nimmt damit dem Tod die Macht. Damit befreit er jeden Menschen, der ihm vertraut, zum Leben. Auch heute noch, denn Jesus lebt immer noch. Kaum zu glauben? Ja, das mag sein. Aber wer erlebt, wie Jesus die Einsamkeit und Härte unseres Lebens verändert, der kann glauben. Und Jesus tut das gern.

Zum Weiterlesen bzw. -hören

Bücher:

- Martina Merckel-Braun (Hrsg.), Frohes Fest!
  Hänssler Verlag, Holzgerlingen, ISBN 3-7751-4508-7
  (Geschichtenbuch für die ganze Familie; besinnlich, humorvoll)

- Winrich Scheffbuch, Fröhliche Weihnachten,
  Hänssler Verlag, Holzgerlingen, ISBN 3-7751-4537-0
  (Texte über das größte Weihnachtsgeschenk aller Zeiten)

- Max Lucado, Ein Geschenk für dich, Hänssler Verlag,
  Holzgerlingen, ISBN 3-7751-3767-X
  (Eine »Weihnachtsgeschichte«)

CDs

- KAT, Wie soll ich dich empfangen, Hänssler Verlag, Holzgerlingen *(Die schönsten Weihnachtslieder, klassisch und einfühlsam interpretiert)*

- J. S. Bach, Weihnachts-Oratorium Highlights, Hänssler Verlag, Holzgerlingen

- Gerhard Schnitter, Macht hoch die Tür, Hänssler Verlag, Holzgerlingen *(Altbewährte Choräle sowie neue Adventslieder, vorgetragen von Chor sowie Solistenensemble)*